U0134352

徐天侠散文集

徐天侠 ——

著

徐天侠的简介

徐天侠，1939 年出生于湖南长沙。电影编导、演员、作家。上世纪 80 年代初，编写的电影剧本《陌生的朋友》及与美国合拍的长纪录片，均在国际上获奖。

出版的作品有：《警察与流浪儿》（电影文学剧本）、《徐天侠杂文集》、《兰艳艳的天》（由自己撰写的电影文学剧本《小人蛇》改编的小说）、《我的路》（传记）、《老人与小孩》（随笔）、《朝阳——我的环保情缘》（纪实文学）、《人间有情》（纪实文学）、《卢贤栋传》（传记，与卢刚合著）。

现为中国电影家协会、香港作家联会、儿童文艺协会会员，英国国际舞蹈教师协会院士，香港杰出第三龄人士。

序一

徐天侠女士，2008 年在香港出版了《徐天侠杂文集》。十一年来，先后出版了小说《蓝艳艳的天》、随笔《老人与小孩》、传记《我的路》及多部纪实文学《人间有情》等文学著作。

《徐天侠散文集》一书，分上篇和下篇。内容包括三方面：作者对后辈的关爱，作者对社会、前辈及友人的感恩，作者对故人的怀念。读者于书中会感受到，徐女士在撰写不同的文章时，都聚焦在一个"情"字上。

作者以朴实简练的语句，表述自己的思绪、情感。在《平台花园的孩子》一文中，她写道："我喜爱儿童，喜爱他们纯洁、朴实的世界；喜爱他们说话的语气、笑声，甚至哭、喊、叫，都那么甜润清新。孩子的纯真，让我们更加热爱生活，使我们的心灵充满美和爱！"。徐女士把孩子赋予她的童心，将心灵中的美和爱，融入她撰写的文章和书籍，传播给读者。

作者徐天侠，在接受广东卫视《凡人大爱》林俊导演访问时，说："有些事，会随时间的流失而淡忘；有些事，会随时间的递增而加深。"我深信，《徐天侠散文集》一书中撰写的人和事，"随时间的久长愈显珍贵"！

卢贤栋

2021 年 5 月 8 日

序二

两年前，母亲又写完了一部书，与父亲商讨书名时，父亲说："《徐天侠杂文集》已经有了，这本书叫《徐天侠散文集》吧。"随后，母亲请父亲写的《序》也写好了，只待完成相片说明，就可给出版社出版。正在这时，一声晴天霹雳，父亲在医院仙逝。

母亲没有被击倒，决心化哀伤悲痛为动力，放下《散文集》的工作，即刻动手撰写父亲的传记——《卢贤栋传》，并成立了《卢贤栋传》编委会。我们一家四人也决心化哀伤悲痛为动力，和母亲一起撰写《卢贤栋传》。在祖孙三代共同努力下，《卢贤栋传》不到一年的时间撰写完成，并已出版。

2023年2月25日，我的丈夫厉剑峰代表我们到宁波参观了爷爷"卢绪章生平事迹馆"，并代母亲徐天侠给宁波市委、市领导呈送感谢信。随后，母亲写了《卢绪章的第三代参观"卢绪章生平事迹馆"》的文章。

父亲卢贤栋帮母亲的《徐天侠散文集》出版需做的工作，已由我的儿子厉家铭接手，帮我母亲重新整理编排全书的文章。母亲决定将《卢绪章的第三代参观"卢绪章生平事迹馆"》的文章，放在《徐天侠散文集》下篇，编辑为一部书出版，有其特殊意义。因《散文集》上篇大部分文章，母亲写的是有关孩子的事，其中有的孩子是卢绪章的长子卢贤栋的第三代，也就是卢绪章的第四代后人。母亲期盼孩子们传承曾祖父和祖父热爱祖国、报效家乡的奉献精神！

卢刚

2023年3月10日

目录

下篇

上篇

2018 年 11 月中，卢绪章的故乡宁波举办世界"宁波帮·帮宁波"发展大会，卢绪章的长子卢贤栋的女儿卢刚和女婿厉剑锋参加了大会。会议期间，卢刚敬观爷爷卢绪章铜像。

1. 满怀激情忆亲人

<1>

2018 年 11 月中，我丈夫卢贤栋的家乡宁波，将举办世界"宁波帮·帮宁波"发展大会。大会约请我们的女儿卢刚，写一篇关于她爷爷卢绪章老先生的文章。

卢刚写好文章后，来家找我。一进门，她就从提包里拿出一个小公文袋递给我，说："是我写好的文章。"请我帮她"修改润色"。

我不经意地笑了一下，没有接收文章，却问卢刚："你对爷爷是否怀着敬佩之心？"

卢刚严肃认真地回答："是！"

我又问："你对爷爷是否怀着爱戴之心？"

卢刚的脸上，虽然露出些微疑惑，但仍严肃认真地回答："是！"

我接着问："你是否怀着敬佩之心、爱戴之心写这篇文章？"

卢刚严肃认真的脸面，绽出甜美的笑容："是，当然是！"

其实，我对卢刚抒写的能力，心中有数。我理解，她之所以要将此文请我过目，是她太在意这篇文章。为了让她安心，我明确地说："我虽未曾看过，但我相信，应该是篇好文章，因为你是怀着对爷爷的敬佩之心、爱戴之心，满怀激情写的文章！"

会议期间，卢刚参观"卢绪章生平事迹馆"。

<2>

世界"宁波帮·帮宁波"发展大会，于 2018 年 11 月 16 日在宁波隆重开幕！女儿卢刚和女婿厉剑峰参加了大会。

会议期间，卢刚和厉剑峰喜逢包玉刚老先生的后代：长女包陪庆、二女儿包陪容及二女婿吴光正、四女儿包陪慧，还有包玉星老先生的儿子包静国。

会议期间，卢刚和厉剑峰拜会了宁波市有关领导。

会议期间，卢刚和厉剑峰，与中央人民政府驻香港特别行政区联络办公室副主任谭铁牛先生，进行了亲切的交谈。

会议期间，卢刚、厉剑峰与中央人民政府驻香港特别行政区联络办公室副主任谭铁牛，进行了亲切交谈。

卢刚与包玉刚的女婿吴光正。

左起：厉剑峰、包玉星的儿子包静国、卢刚

会议期间，卢刚、厉剑峰喜逢包玉刚的后代。左起：卢刚、包陪庆、包陪容、联络办副主任谭铁牛、包陪慧、厉剑峰

<3>

卢刚写的有关卢绪章老先生的文章：《继承爷爷遗志，发扬光大"宁波帮·帮宁波"，继续为家乡做贡献》，此文刊载在《宁波人》杂志的 2018 年 12 月第十一期。

征得卢刚同意，现将卢刚的文章收录如下：

继承爷爷遗志，发扬光大"宁波帮·帮宁波"，继续为家乡做贡献
卢刚 撰

2018 年 11 月 16 日上午，有幸再次来到宁波，参加世界"宁波帮·帮宁波"发展大会，与 700 多位来自 25 个国家和地区的"宁波帮"和帮宁波人士齐聚甬城，共叙乡情友谊，同话美好未来。

何谓"继承爷爷遗志"？这就要先谈谈我的爷爷——卢绪章。

爷爷——卢绪章出生在宁波贫困小商人家庭，解放前中国共产党地下党员，创办广大华行并作为中共秘密工作机构，为党的事业筹建了大量物资和经费，为中国人民解放事业做出了特殊贡献，被誉为"与魔鬼打交道的人"。建国后，历任华东军政委员会贸易部副部长，中国进出口公司经理，对外贸易部局长、副部长，华侨旅行社社长，国家旅游总局局长，国家进出口管理委员会、外国投资管理委员会副主任，外贸部副部长，外经贸部顾问，第五、六、七届全国政协委员。

1984 年，爷爷卢绪章以 73 岁高龄，受党中央和小平同志委派，来宁波帮助开展对外开放工作，并被浙江省、宁波市政府聘为特邀顾问。对于阔别多年的故乡，爷爷卢绪章这位长期在外漂泊的游子有着深厚的感情。他与省、市领导一见面就说："我是给家乡来跑腿的，小平同志给我的任务是把全世界的宁波帮发动起来建设宁波，我自感任务不轻，一定尽力帮家乡做事。"

"宁波帮"是宁波对外开放和现代化建设的一大优势。动员"宁波帮"建设宁波也是小平同志交给爷爷的一项重要任务。为此，爷爷十分重视做好此项工作。

卢绪章为发动海内外"宁波帮"建设宁波做出特殊贡献。世界船王包玉刚是海外"宁波帮"的杰出代表，是卢绪章的表妹夫，两人友情深厚。在卢

绪章的沟通下，包玉刚决定出资助建宁波大学。邵逸夫先生也是卢绪章的老朋友，也向浙江人民送了厚礼，向浙江大学、浙江师范大学、浙江农业大学、宁波师范学院捐款数千万元人民币，还捐资在杭州创建了国内一流的邵逸夫医院。

在卢绪章的关心、督促下，宁波市委、市政府一直把加强与海内外"宁波帮"工作放在重要地位，为宁波开发开放带来勃勃生机。

卢绪章是为宁波计划单列最早向中央提出建议的人之一。他在 1985 年 10 月给小平同志的报告中写道："'宁波和大连竞赛'这个口号是科学的，也是可行的。但是目前国家给予的政策待遇，宁波远远不如大连。希望宁波能获得和大连同样的待遇。"最终宁波被批准与大连一样实行计划单列，这为宁波加快发展创造了更有利的条件。

原国家计委常务副主任陈先曾说，在宁波计划单列问题上，卢绪章是出力最多的人之一，不断跑国家计委，用陈先的话说是"三顾茅庐"，这种坚韧精神和科学态度深深打动了中央各部委，使宁波计划单列这件大事克服重重阻力，得以实现。

"加快宁波开放，促进宁波繁荣，是我余生最大愿望。"爷爷曾说，晚年的爷爷已把宁波发展融入到自己的生命之中，为家乡的建设与繁荣倾注了全部心血。

2011 年 6 月宁波市举办"纪念卢绪章先生诞辰 100 周年"活动。卢绪章的子孙后代寻根汇集于宁波，其中就有我——卢绪章的孙女卢刚。当时我虽是第一次踏足宁波，但爷爷与宁波的血脉亲情，已在我心中深深扎根，热切地希望能为家乡建设尽绵薄之力。

在我的牵线搭桥下，很快促成了我所供职的企业（中国光大国际有限公司）的母公司——中国光大集团与宁波市政府签署全面战略合作协议。光大国际很快就在北仑投资建设了宁波垃圾发电项目，一、二期总设计规模为日处理生活垃圾 1,500 吨，是国家 AAA 级生活垃圾焚烧厂、浙江省 AAA 级生活垃圾焚烧厂，成功树立省内行业的标杆，荣获"中国绿色发展标杆企业"、"浙江省首家 3A 级炉排炉工艺垃圾发电项目"等荣誉称号。

我怀着对长辈的敬爱、对家乡的深爱、对事业的热爱和光大环保人一起投入到宁波人民建设美丽宁波的行列，为宁波的经济发展、为宁波的腾飞添砖加瓦，做出新的贡献！

<4>

为纪念中国共产党建党 100 周年，东方卫视摄制了多集专题节目《时间的答卷》。第一集：《忠诚》，记述了两位共产党员，第一位是商业奇才、红色特工卢绪章，另一位是守卫祖国大门的新疆边防战士拉齐尼。第一集：《忠诚》于 2021 年 6 月 4 日，晚间 9 时 30 分播出。

卢绪章的长子卢贤栋、孙女卢刚，于 2021 年 6 月 5 日下午 3 时半在香港家中，接受香港大公文汇传媒集团的记者专访。在座的有：卢贤栋的太太徐天侠、女婿厉剑峰。

亲人们，满怀激情忆述革命先辈为党、为人民、为国家的奉献！

随后，亲人们继续忆述：

长子卢贤栋，在谈到父亲对他的教导时说："父亲对我的家教很严，资本家有钱的舒适生活，担心对我产生不良影响，我上小学五年级，父亲就将我送去学校寄宿，自此我也就磨练出自我管理、独立生活的能力。父亲曾对我说：'你别看我在家里每天设宴请客，我的钱最后我会带进棺材，一分钱也不会留给你。在我有能力时，供你读书，直到大学毕业。你要勤奋自强，以后的路靠你自己去走。'父亲对我的教育，导航了我的人生！我对子女也这么要求，女儿卢刚 1995 年大学毕业后，从北京到香港来和我们团聚，我对孩子说，我不会为你求职的事去托人，你要自己看报纸的招聘广告，去应征。卢刚就这样做了，第一份工是在大洋……在实际工作中，卢刚认识到自我增值的重要性，决心边工作边学习，报读了在香港的澳洲梅铎大学的 MBA，取得了硕士学位。后来去了光大国际做环保工作，直到现在。"

孙女卢刚说："2011 年我和丈夫剑峰，带着两个孩子随父母去宁波，参加宁波举办的卢绪章诞辰 100 周年的纪念活动。我是第一次踏足故乡，深深感受到宁波人民对爷爷的敬爱、爷爷对故乡的情怀，这激励我：一定要继承爷爷的遗志，为宁波的经济发展、宁波的腾飞添砖加瓦，尽自己的绵薄之力。"

长儿媳徐天侠也详细回忆了与父亲卢绪章的往事……

那是上世纪 50 年代末，我由长春去青海拍电影，在北京停留两天，正好有个星期天，决定趁假日去探访朋友卢贤栋的家。因我心里一直有个疑问：贤栋有高学历，兴趣爱好广泛，长得虽不算英俊，但对女性也颇有吸引力，为什么仍是单身？不能藕断丝连，一定要快刀斩乱麻，他是否隐瞒已有妻儿，现在是释疑的好机会。

我拿着贤栋以前给我的地址，沿着"东单洋溢胡同"一个个门牌号查探，看到两扇紧闭的深紫红大门，查看墙上门牌，正是12号，没错，是这里，随即按了右边墙上的门铃。

门打开了，出来一位三十多岁的男士，他侧身让我进门，客气地问："你找谁？"

"找卢贤栋。"我回答。

"他不在家。"那男士说。

"我知道，我是他的朋友，来探访他家人的。"我照实回答。心想，我就是要他不在家时才来，看看他家到底有什么人，有没有老婆孩子。

那男士请我进入小院内一间小平房，又请我在桌旁坐下，递给我一张小纸，请我写上我的姓名，他拿过写着"徐天侠"的纸，要我等一会，自己出去了。我猜想，他一定是传达室的，拿着纸条去询问。

等了一会，那位男士回来了，对我说："我带你去。"

我们经过小院上到楼房的台阶，进入门厅，上到二楼，见一位女工在拖地。我们走进一间大房：靠墙的一侧，是摆满书的书架；另一边，茶几两侧各有一张单人沙发。我见到一位中年男士，由里面另一间房出来，一眼我就看出是贤栋的父亲：一样的脸庞，满头浓密的厚发，只是多了些许银丝，炯炯有神的眼睛……他带着微笑走过来，和我握手。

我礼貌地："伯父，您好！"

他看了我后面的男士一眼，那男士即刻走出去了。

伯父指着沙发："坐，请坐！"见我坐下，他便在另一张沙发坐下。

女工给我端来一杯茶，又给伯父送来茶水。等工人出去后，我自我介绍道："我叫徐天侠，是卢贤栋的朋友，他告诉过您吧！"这话说完我就后悔了，贤栋要是没告诉伯父怎么办？很可能贤栋也跟我一样，暂时不想父母知道，够傻的，什么话不能说，非要说这句话……

伯父可能感觉到我有点心绪不宁，迟疑了一下说："知道，我知道……喝茶……"把茶杯稍微往我这边推移了一点，接着端起自己的杯子喝水。

我听话地端起杯子喝了口茶……关于伯父说的"知道"这个回答，我可以理解为贤栋告诉了伯父；也可以理解为领我进来的那位男士，已告诉伯父我的来意。不管什么，伯父让我下了台阶。我镇定下来，心绪平稳了，接着从容地介绍自己，告诉伯父我现在的学习和工作，为什么来了北京。

伯父一直专心地听着，间中说声"好"、"好嘛"，或者说"很好"。当说完我的家人后，伯父和蔼地问道："你父亲不与你们住在一起？"

又忘了说我父亲，因为在我成长过程中，父亲没有起过任何作用，所以除了填表有"父亲"这一栏，我才会想起，填写"已病逝"。今天又是这样，忘了、完全忘了。我有点不好意思地说："忘了，我很小时父亲就病逝了，我对父亲没有什么印象，是母亲独自带大我们姐弟三人的。"

伯父听到我这些话，有点歉意地轻声"嗯"了一下，接着说："你母亲很不简单，独自带大三个孩子！"

"现在总算好啦，我们都大了，可以少操心了。"我没话找话说。

伯父笑笑，不知是同意还是不同意。这时，一位小脚老奶奶走进来，伯父告诉我，她是贤栋的外婆，又告诉外婆我是贤栋的朋友。他们交谈了几句，我虽不会说宁波话，还是听懂了内容：外婆告诉伯父，伯母带着贤栋的小弟妹，去王府井买东西，快回来了。

我看到这是一个有文化、有知识的正派家庭，和贤栋讲的一样，没有隐瞒什么，探访的目的已达到；关于自己，该说的也都说了，我起身告辞。伯父和外婆都要我等贤栋的母亲回来，我说以后有机会再来看望伯母。

出了大门，按原路慢慢往胡同口走去……我默默沉思：对自己的父亲确实没有任何印象，初中我写过一篇作文——《我的父亲》，把母亲作为父亲描述出来，最后一句是"她就是我的父亲，也是我的母亲。"老师赞扬这篇作文写得好，要我朗诵给全班同学听。今天，我内心深处隐隐感觉到，我将会有一位我希望有的好父亲。我不知道，与自己的父亲谈话是什么感觉，今天拜访贤栋的父亲，对我没有说几句话，可在我心中，伯父一定是位和蔼可亲的好父亲。

徐天侠停下来思考……记者彭晨晖递给她一小瓶已打开的橙汁，她接过来喝了一口，继续说……

我和贤栋于1960年结婚，父亲一直把我当成他的一个孩子，关心爱护。我有什么事或解决不了的问题，总会去请教父亲，他会直接了当地给我明确的忠告。1987年初，组织批准我去香港工作，与贤栋团聚。我在家整理行李准备去香港，心里除了有点淡淡的失落感外，另有一种强烈的惧怕，贤栋在香港一切都给我安排好啦，到底怕什么？不是怕没吃、没穿、没房子住，我是怕没事做。在北京，我有一班熟悉的同事、好友、了解我的领导，又都是做电影创作的；在香港，人生地不熟，要拍电影找谁？不拍电影我能做什么？搞经济、做生意？更是一窍不通。我知道，这种恐惧、疑虑造成的精神上的痛苦，如果不解决，将影响我与丈夫在香港的生活。

徐天侠又停下来，看看各位，说："我离题了吧？"

女婿剑峰若有所思地说："妈妈是从另一个角度追思卢绪章老先生！"

贤栋也鼓励地说："慢慢讲……"

徐天侠想了想，继续回忆。

父亲最近几年很忙，特别是改革开放，有的地方才刚刚起步，他就更忙了。我知道，只要见到父亲，他一定会细心听我的倾诉。一个星期日，我带着孩子去父母家。中午，父亲休息完，从睡房出来拿开水。我凑到跟前轻轻说："爸爸，我想跟您谈点事……"

父亲柔和地看了我一下，说："好啊……"

我跟随父亲，进入他在家办公的书房，父亲在办公桌前坐下，指指桌旁的一张椅："坐下慢慢说……"

我听话地坐下，一口气把我的恐惧、疑虑、苦恼，都对父亲说出来了。

父亲指出我的优缺点及与众不同的性格，帮我分析我在香港工作的利弊，父亲说："这么多年来，你每迈出一步，都要很大的勇气，由于你的胆识，你走出了自己的一条路。现在，你选择了去香港，和贤栋一起生活、工作，很好嘛，只有勇敢地去面对现实，才能有勇气去解决现实中遇到的问题。"

父亲的忠告，还是那么直接、明确。我需要的仍是敢想、敢拼的精神，学习新事物的勇气。过去的这么多年，每当我生活和工作中遇到问题、挫折，父亲对我说的话，就会给我勇气去面对现实，克服困难、解决问题……我极力压抑着思念的情感，自语地："我……我非常思念父亲……我们非常思念父亲……"

孙女婿厉剑峰说："卢绪章老先生一生的几大贡献：1）我党最具传奇、经营最大的、为党筹集巨额资金的地下党组织；2）中国外贸事业奠基人；3）改革开放邓小平先生的两油（石油、旅游）中，旅游事业的开创人；4）家乡宁波的建设人。"

"卢绪章老先生与香港的特别情结：1）解放前夕，根据周恩来先生的指示来香港，广大华行与联合行合并成立华润集团，筹备南洋商业银行，迁移民安保险来港，并在港捐出数百万美元；2）在港圣诞之夜的故事；3）外贸事业和广交会与港商交往；4）改革开放初期，协调霍英东、李嘉诚、郑裕彤、郭得胜等富豪筹建白天鹅宾馆和白云宾馆；5）根据邓小平先生的指示，来香港组织宁波帮包括包玉刚回家乡建设。"

东方卫视摄制的《时间的答卷》多集专题节目，第一集：《忠诚》，什么是忠诚？忠诚不是抽象的，是具体的。卢绪章一生所作所为不是为个人的名利，是为党、为人民、为国家无条件的奉献。卢绪章用一生的时间，诠释忠诚！

注：2021 年 6 月 5 日，卢绪章的长子卢贤栋、孙女卢刚接受《大公报》专访，专访文章于 2021 年 6 月 21 日在《大公报》刊出，标题：为党秘筹经费破除禁运牵线港资投身改革开放，传奇"老板"卢绪章一生经商报国。

卢绪章的长子卢贤栋接受《大公报》记者专访，右是卢贤栋妻子徐天侠，
左是女儿卢刚。

与记者合影。左起：记者郭自桐、卢刚、卢贤栋、厉剑峰、徐天侠、记
者彭晨晖

2. 平台花园的孩子

<1>

所谓平台花园，是由九栋住宅大厦围住的三楼平台。管理公司将大厦四周的每块空地都精心修整装饰，建得科学实用，并有专业园艺人士打理。种植的花草树木，让住户一年四季都可享受怡人的花香，看到养眼的翠绿。

平台一边是儿童和成人的泳池，接着是儿童游乐场，内有供长者运动的简单器具；平台中间大块空地上，由三层圆形图案框出一块地，给孩子们玩耍；相距几米是人造水池，大大小小的龟在水中游爬。

平台另一边小凉亭前，又有一个人造水池，五颜六色的鱼儿在水池中嬉戏；四通八达的散步小径，雀鸟在小径两边的树枝上鸣叫飞窜……

屋苑的三楼平台，确是一个鸟语花香美丽雅致的花园，住户休息、孩子玩耍游戏的好地方。

屋苑的平台花园，每到下午五点后，住户的孩子相继出来玩耍，有父母抱着、牵着的，有家务助理陪同的……这些来自五湖四海的孩子，聚集在平台花园，他们都有各自国家的语言，但都能用英语沟通，就像孩子的小小联合国。

孩子们一般会分三个区域玩耍：一是儿童游乐场，场内除了一般孩童玩的滑梯、爬高设施等，还有类似高低杠、双杠、单杠等设施，三岁左右的孩童在这里玩耍的较多，间常也有年龄稍大一些的；二是中间三层圆形图案框出的地方，都是较大的孩子玩耍，三三两两嘀嘀咕咕，一会推碰追跑，一会踢球划拳，有的在不同层次的圆圈上玩滑轮；第三个区域的范围就大了，除了四通八达的散步小径外，还有九栋大厦朝平台的有檐走道，一群大小男女不同的孩子一会使劲往前跑，一会相互捕捉追赶，一会又躲躲藏藏……

孩子们除了自己玩耍外，遇到特殊情况，还会照顾弱小，在玩耍追跑过程中，有人跌倒，其他孩子会转回来或跑上去扶起，如有哭叫，还会耐心安抚。

<2>

我，在孩子们的眼里，除了是"婆婆"、"奶奶"外，还可能属于"弱"的范围。

有一次，我从鱼池旁的小凉亭出来，要去龟池旁的空地，须经过一段小斜坡，正当我要迈入斜坡，看见前面一位八、九岁的男孩朝斜坡跑来，便停在原地等那孩子跑过去，没想到男孩也停下来，略带喘气地说："婆婆，需要我帮忙吗？"

我知道，孩子是想扶我走下斜坡，我感谢地说："谢谢，我自己能走过去，你快去追赶同伴吧！"

男孩懂事地说："那，婆婆小心啰！"

等男孩走上斜坡，越过我，便小心翼翼地走下斜坡。到了平地又转回身，看看男孩是否追上同伴，更没料到，孩子竟停在我原来站立的地方，关切地看着我，见我平安站在地上回转身，放心地："婆婆慢慢行！"转身跑走了。

<3>

我喜欢在鱼池旁的小凉亭里运动，因同时可欣赏水中鱼儿嬉戏，或由微风送来的花香，鸟儿的鸣叫似运动的伴奏。特别是雨后清新空气，令人心旷神怡！

一对四、五岁的姐妹，在凉亭的对面，沿着鱼池旁的花圃朝凉亭走来。妹妹提着一个小竹篮，里面躺着一个公仔娃娃，两人看着美丽的花指指点点……

我看见姐姐指着花圃里一朵耀眼的红花，妹妹点点头，姐姐朝红花走去……糟了，孩子要去采摘鲜花，我正要出声阻止时，发现孩子伸出的手，在花朵旁只做了一个模拟采摘的动作，花儿仍在枝干上迎着微风摆动，好像在笑我无谓的担心。接着，姐姐将想象中的红花，放在妹妹伸出来的掌心中，妹妹将躺着娃娃的小竹篮交给姐姐，用空出来的手的拇指和食指捏住想象中的鲜花，放在鼻前嗅嗅，然后将花儿轻轻放在娃娃的枕边……这一连串无实物的动作，做的那么细腻真切。

无实物表演，是训练演员基本功的方法之一，那对小姐妹不可能学过表演，但做出的无实物模拟动作却很真实。因为他俩没想到要表演给人看，只是想给公仔娃娃摘一朵鲜花，又不能真的去摘下花朵损坏公物，便假装"想象"摘下鲜花放在公仔娃娃枕边。小姐妹不是在表演，只是按生活中正常的方式去行动，所以假的跟真的一样，真是天生的一对好演员！

<4>

香港的夏天，太阳很猛烈，我会在平台花园的有檐走道运动。一天，将近黄昏，仍有太阳照射平台，我照例在走道运动，一位小男孩踩着滑轮好似朝我而来，吓得我贴着墙大声喊着："STOP，STOP！"他一眨眼从我身边滑溜过去了。

岂料，小男孩转身走回来，看我惊魂未定，急忙用普通话说："吓着奶奶了，对不起，对不起！"向停在大厦门外的一位外籍妇女招手（应该是家务助理），小男孩从她手上拿来一瓶水，打开瓶盖，递给我："奶奶，喝点水……"

看他一脸歉意的表情，我倒有点不安了，毕竟是孩子嘛，可能还没上学，我也用普通话安慰他说："没事，没事，不用喝水……没见过你，新搬来的？"

"对，从北角那边搬来的……"他告诉我，自己叫刘道富，快六岁了，明年上小学，说这边学校多……

就这样，展开了我们这对"老人与小孩"的友谊。以后，不管是在走道还是在平台花园，道富都会走过来叫声："奶奶好！"有时还会叮咛我："小心，别滑倒。"

夏天的一个傍晚，天已开始暗下来，我看见道富戴着墨镜和小朋友在圆圈空地上玩耍。便走近圆圈，向他招手示意他过来，道富停止玩耍，走过来了，懂事地问候："奶奶好！有事吗？"

我认真地说："现在天都快黑了，快取下墨镜，会看坏眼睛，影响视力。"

孩子听话地取下墨镜。

坐在圆圈边上的一位女士，起身走过来，道富介绍说："她是我妈咪，这位是徐奶奶。"

我与道富的母亲打过招呼，便告诉她，我刚才是要孩子取下墨镜，以免看坏眼睛。

道富的母亲笑笑说："道富跟我们说起过您，说有位奶奶很慈祥，孩子说很喜欢您！"

孩子颇得意地对他母亲说："我没说错吧！"

我开心地笑了，说："奶奶也很喜欢你！"又对他母亲："道富很懂事，有礼貌，又有爱心。"

道富的母亲："承您夸奖！"也开心地笑了，"我跟他说过好多次，天黑了不要戴墨镜，就是不听，您一说，孩子就自动取下墨镜。看得出，孩子真的是很喜欢您。"又对道富："你没说错！"

一个阴雨天的下午，我在平台花园有檐走道上的一个角落运动，以免影响孩子们玩耍奔跑。道富拉着一位中年男士，从远处朝我走来……

他们来到我面前，道富认真地说："奶奶，他是我爸爸，是老师，教数学。"

我赶紧与道富的父亲握手，笑着说："很高兴认识刘老师，怪不得道富这么有教养……"

刘老师也笑着说："孩子经常和我们说起您，说您不管刮风下雨，每天都坚持运动……"

我们讨论了一些有关孩子教育的问题。与老师交谈，获益良多。

　　我喜爱孩子，爱他们说话的语气、笑声，甚至是哭、喊、叫，都那么甜润清新。孩子的纯真，让我们更加热爱生活，使我们的心灵充满美和爱！

　　注：此文刊载在《香港作家》期刊 2020 年 2 月。

3. 孩子与"孩子"——看电视剧有感

<1>

看到无线的节目预告，4月5日晚8时半，将播出《包青天》等电视剧，逢星期六晚播出。从宣传预告片得知，角色均由6至13岁的孩子扮演。

我第一个反应是：有没搞错？是否搞笑？让孩子去演成人，而且是古代深入民心的名人？！看看吧，看看湖南电视台有什么高招，真看不下去了，转台一笑了之。

转头又想，我们这些曾从事儿童戏剧的文艺工作者，四五十岁在舞台及大小银幕上，不也塑造了各有特色、性格鲜明的男女孩子！还是先看看剧吧，不要过于主观，太早下结论。

<2>

2019年4月6日，正好是星期六，在酒楼和孩子们一起吃完晚饭，便声明不陪他们买衣物了，要赶回家看8时半的电视剧。

剑峰好奇地问："什么剧这么吸引人？"

贤栋笑笑说："《包青天》！"

小刚也笑了："爸妈真有闲情雅致！"

孙儿孙女不耐烦了，催促着："走吧，我们还要赶回家做功课！"

片头字幕的音乐一播出，丈夫就笑着说："曲调这么熟悉——"

"当然熟悉，十多年前，我们就听过……不说了，看剧！"我和贤栋都认真地注视着屏幕。

第一集播出的是"包青天怒铡陈世美"。随着剧情的展开，主要人物差不多都已亮相。看了一眼坐在我左侧的丈夫，有意思，他竟然瞪着大眼盯紧屏幕，没有"发呆"（闭目养神）。见他那全神贯注的样子，不便打扰，我仍集中思想看剧。

贤栋对电视节目的质素，要求甚高，他看不上眼的、不喜欢的，不会主动要求转台，只是暗自"发呆"。所以，我俩看电视，对节目的选择，从没发生过矛盾。

第一集播完，随即问丈夫："怎么样？看得下去吗？"

"不错，是那么回事！"贤栋认真地说。

　　我想他说得具体一些，便接着问："你说是那么回事，到底是怎么回事？"

　　丈夫脸上露出一丝笑意："怪了，磨合了五十多年，竟然听不懂我的话！十多年前，我们看过金冠群主演的《包青天》，忘了？"

　　"也是包青天怒铡陈世美，经典剧集，哪会忘！"我也认真回答。

　　贤栋接着说；"我说是那么回事，是指这些孩子演员与大人一样，演得真切、朴实、感人！"。

　　评价不低，我基本上同意丈夫的看法。看情况，下面几集得追着看了。我试探地问："复活节，我们还跟孩子们一起去旅游吗？"

　　"去，当然去，好不容易与他们凑在……"还没说完，急忙去翻看日历，有点遗憾地："可惜，这次又不能成行了，26号是星期六，要播放《包青天》……"

　　我赶紧说；"不去就不去，以后多的是机会，剧集没看全，心里不舒服。就这么定了，我俩在家自己过节，安下心来，好好欣赏孩子们的表演！"

<3>

　　我要追看这部电视剧，有两个原因。

　　第一个原因是，了解孩子们怎样演绎成人，怎样演绎经典剧集中的经典人物。

　　从事表演艺术的行家，在实践中都可体会到，要塑造出一个有血有肉、观众认同的角色，是多么艰辛。从事儿童戏剧演绎孩子的成人演员，又多了一层难度，而未长大的孩子去演绎成年人，就难上加难！

　　我这么说，是因为演孩子的成人演员，都有自己的童年，有成长中的生活历炼，这些是演员塑造人物的源泉。而未成年的孩子，当然不会有成人的记忆，现在幸福的童年生活，也不可能为他们塑造古代成年人提供多少借鉴。演绎孩子的成人演员，拥有的创作源泉，正是扮演成人的孩子欠缺的，所以说难上加难。

　　第二个原因是，了解导演执导这部剧集的具体手法。

　　关于如何执导儿童片，在2008年出版的《徐天侠杂文集》一书中的《儿童片与导演》的文章，谈了"在拍摄现场如何营造适合孩子进戏的良好气氛"及"如何给小演员排戏"。但是，执导由孩子演员演绎的成人剧，还未尝试过。

　　怎样帮助小演员克服演绎上的困难？当然，导演可以运用镜头、灯光，采用成人配音等方法。但观众要看的：仍是演员融入角色，通过自身塑造后，在银幕上体现出形似神似的剧中人。

导演是整部剧的灵魂，问题都得要导演去解决。导演怎样去帮助孩子理解成人角色？引导启发孩子去体现角色？我想，如果用孩子演孩子、或成人演孩子、又或是成人演成人的方式，应该是行不通的。那么，具体的方法是什么？这是我想知道、想探讨的问题。

我是年已古稀的长者，想亲身去实践，可能性微乎其微。最现实可行的方法：借鉴。所以，这套剧集非看不可！

湖南电视台摄制的《包青天怒铡陈世美》、《三国之反董卓联盟》及《逼上梁山》三部电视剧，全部启用未成年的孩子去演绎成年人，是其独特之处。导演除了有专业的技能外，还要有承受失败的勇气。

艺术创作的空间太大了！成年人塑造出天真活泼、淳朴可爱的孩子；孩子又能演绎性格各异的成人，而且都能得到观众的认同。这就是艺术的魅力！

4. 左邻右舍

<1>

我在太古城的屋苑住了三十多年，大厦的管理、保安人员，早就似一家人。每次踏进住户大堂，保安人员总是以笑脸相迎，若是老弱病残，他们会帮忙开关大门、按电梯，看你顺利进入才会走开。

平台花园往商场的出入口，也有保安守卫，见到进出的住客，总是热情问候："你好！"见到我又多了两句："小心，慢慢行！"

在平台花园或电梯里遇见左邻右舍，相互都会打招呼点头问好。新搬来的中青年人，见我拄着拐杖走来走去，有的会关心地说："小心点，慢慢行！"有的会说句赞扬的话鼓励我："阿姨好犀利，不用姐姐（家务助理）陪！"遇到我进出大楼，他们会开着门等我进出，还会说："不急，不急，慢慢行！"

有些老住户，以前在平台花园晨运时，经常看见我在小凉亭里练拉丁舞，有的会停下来多看两眼；有的在电视里看到过我表演拉丁舞，会竖起大姆指以示赞赏，我都会报以"谢谢"的微笑。

现在，当他们见我要拄着拐杖行走，在震惊之后，就会关切地问，是不是舞跳得太多了？听到我解释医生所说，是先天的，跳舞帮助推迟了发病的时间。他们就会给我出主意、提建议：吃什么药，怎么治，做什么运动等。

以后再遇见我，有的说："你现在走得好多啦，加油！"有的说："看你脸色多好，总是那么精神。"在平台花园散步的邻居，有时看到孩子在我身边跑过，他们会好心提醒，请孩子不要碰闯婆婆……

在平台花园，看到左邻右舍那善良友好的笑脸，听着那关切的话语，心里总是热乎乎、暖洋洋！

孙儿家铭在电视里看到徐天侠在跳拉丁舞，奇怪地问：
"点解婆婆系公仔箱度？"

在社联与社区的活动任表演嘉宾跳拉丁舞。

约二十年前，在平台花园清晨，会看到十多位长者一起运动，有时打太极，有时做操。我也是清晨在小凉亭里练拉丁舞，每次看到长者们全神贯注地认真运动，心里总会产生敬佩之情，这也促使我坚持每天运动：练舞。

日子久了，发现聚集的长者越来越少了。我问一位姓赵的奶奶，她对我说："他们已经先走了一步……"我从这句简单的话语中，感受到无奈和哀伤。

最近几年，在平台花园，再也没见到以前来运动的长者了。一天傍晚，在平台花园遇见了赵奶奶的儿子，他告诉我，他母亲已九十出头了，出现了脑退化，和他家四口一起住，请了家务助理照顾，经常会请中医来家推拿治疗，他说："每次治疗都在三千元以上，只要老人活得舒畅开心，做儿女的心里会好过一些。"赵奶奶有儿孙陪伴，一定会生活得欢乐幸福，这应该就是"养儿防老"了！

<2>

我家对面的邻居姓汤，有两个孩子，我看着他们长大，汤太每天开车送孩子上学或去学钢琴。现在孩子长大了，小的是女孩，于香港大学毕业后，在一家会计师行工作；大的男孩，于英国读完硕士学位，在美国工作。我们两家，不但是老邻居，也是老朋友，遇见了除一般问候外，还会寒暄几句家常。

一天傍晚，在平台花园遇见汤太，她一开口就说："从北京回来了……"

我有点纳闷地回答："最近我没去北京。"

"可我有一阵子，没听到你叫老公开门。"汤太笑着说。

我也笑了，没有即刻回答。

汤太接着说："我以为你去北京写书……"

我明白她为什么笑，因为有一次，我在平台花园运动完回家，憋着尿，从电梯出来就高叫："老公开门，快！"觉着叫老公开门又省事又快。自此，每次运动完回家，不管是否憋尿，出电梯一拐弯，我就用粤语叫："老公，开门先，老婆返来了！"。丈夫就用北京"杂酱面"服务员的语气回答："来啦，您！"有一次，贤栋听到隔邻的小男孩咯咯地笑，还学着我的语气叫"老公"，贤栋意识到我们的自得其乐，却破坏了邻居的宁静，要我以后别再叫"老公开门"。

我老实回答汤太："老公不准我在门外叫了，说打扰了邻居。"

汤太仍笑着说："不会，听着几开心！"

虽然友善的邻居这么说，我还是听从了丈夫的话，在门外不再大声叫老公开门了。

<3>

一天傍晚，风和日暖，我在平台花园散步，不知不觉走了一个多小时，7点的电视剧很快要开始了，便抄近路，从有三级台阶的地方往家走，当我下了台阶踏在平地时，抬头发现一位青年站在跟前，微微伸出双手，像是待我要跌倒以便扶住。

我感激地说："谢谢！"

青年说："您现在走得好多啦！"

"谢谢你鼓励！"我仍感激地说。心想，他在平台花园一定经常看见我走来走去，只是我没有注意他，便友善地问："你在哪所院校学习？"

青年笑了，说："我已经工作了。"

我上下打量他，边往大厦门前走，边对走在一傍的青年说："这么年轻……有20岁吗？"

青年又笑了，说："我都29岁了。"

我停下来又打量他，略带惊叹的语气说："29岁了，看不出……"到了大厦门前，见青年拿出房卡给我开门，便问："你也住这栋楼？"

青年："是的，我住在16搂，姓施。"施先生在门外拉住门。

我进入大厦后，回转身，见他站在门外没有入来的意思，便说："我如果不外出，每天下午大约6时，会到平台花园运动，有机会再倾解。"

以后在平台花园遇见，总会交谈一会儿，施先生告诉我，他15岁就出来工作了，我问他为什么不上学："你父母不管你？"。他笑笑说："小孩子反叛嘛！"一句话，概括了他少年时期的生活。

施先生由发型师转行经营婚纱，他太太和他一起打理。他热情地给我看了才几个月大的儿子的相，施先生说："搬到这里来，就是想给儿子一个好的生活学习环境。"

关于施先生的情况，我知道的并不多，但从他简单的话语中，我看到了他成长的过程。15岁离家出来工作，只有中五的文化程度，生活的艰辛、世事的复杂，使他在不断反思少年时期的反叛行径中，去确立今后的人生历程。他在发型屋打工，踏踏实实学到一技之长——成为发型师。他不想被几百米的房间就此框住，决心到大千世界中去寻觅、探索，他遇到了志同道合的另一伴，结婚生仔，创建了自己的一盘生意：经营婚纱。

在交谈中，我真诚地给施先生提出两个建议：一是看点关于"美学"的书，发型师是帮人扮靓、塑造"美"，婚纱是专为结婚的女性而设，新娘穿上婚纱进入人生的新阶段，婚纱是"美"的一种体现；二是学点时装设计的知识，知道什么是"美"并不够，还需知道怎样营造"美"、雕塑"美"。

我觉得施先生，是位敢想、敢做、敢创的年轻人，相信他一定能创出自己的天地！

<4>

孙女晓芝告诉我，她有一位姓林的同学搬到太古城了，和我们同住一栋搂。同学的父母把原来的房子卖了，太古城是租的，说离学校近，她哥哥看病治疗也方便。她哥哥是先天性的疾病，她母亲为了照顾有病的哥哥，辞掉了工作。

一天下午，我在平台花园运动，看到一位身型高挑的中年女士，牵着一位十岁左右的男孩散步，远远看去那男孩很瘦弱。我知道，一定是晓芝的同学的母亲和她的哥哥。

我走过去，主动和那位女士打招呼，问："你是林太？"

"是的，阿姨您好！"林太柔和地回答。

"我孙女晓芝与你女儿是同学。"我解释说，迅速打量了一下男孩：孩子长得很俊，浓眉大眼高鼻梁，白白嫩嫩的小脸……我脱口而出，"你儿子长得很俊！"

林太开心地："谢谢阿姨……"把男孩稍稍推向前，"他叫熙熙。"

我重复着："嘻嘻，喜兴！"

林太笑笑说："是康熙的熙！"

我也笑笑说："好，好，熙熙，光明、和乐！"

林太对男孩："快叫奶奶……"

熙熙低垂着头，轻轻叫道："奶奶！"

我真诚地表扬熙熙："乖，乖孩子！"

林太鼓励孩子说："看着奶奶再叫一声……"

孩子听话地抬起头，望注我，叫道："奶奶！"

看着孩子那对清澈明亮的大眼，我又一次赞叹道："熙熙的眼睛太靓了！"

我与林太母子，经常在平台花园遇见，林太告诉我，熙熙刚出生时，医生说孩子活下来的机会很低，就是熬过来了，也活不过两岁，要她有心理准备。林太和丈夫商量，决定辞掉工作，全心全力照顾孩子，一定不能失去宝贵的小生命。父母的爱，使孩子战胜了病魔、战胜了死神！熙熙活下来了，现在已经 19 岁了！

父母对子女的养育关爱，不存在"功名利益"，是名副其实的无私奉献！

<5>

以前，住在我们隔邻的是位老太太，与已工作的儿子一起生活，她的亲朋好友经常来她家"打麻雀"（搓麻将）。周围的邻居遇见我，会关心地问："隔邻打麻雀很吵吧？"。我也坦诚回答："是有一点吵闹，不过还自律，每次都不会超过晚上 11 时。"

我对"搓麻将"并不反感，也略懂一、二，刚来香港时，亲朋好友也曾约我们"搓麻将"，每次都是我上阵，贤栋总是坐得远远地看报纸或看电视。他不会"搓麻将"，也不想学。看到这情况，亲朋好友再约我们，我都客气地谢绝了，不想难为丈夫。自己一人去，他不放心；陪我去，他就得无所事事地呆坐几个小时，我也不忍心，太浪费他的时间了。不过，丈夫从未有半句怨言。而且，我对"搓麻将"也没太大兴趣。

退休后，终于可以去做自己喜爱的事——跳舞，我全情投入国际标准舞的拉丁舞。因不存在任何"名利"的因素，纯粹是喜好，圆幼时的跳舞梦，故乐在其中。

"搓麻将"的经历，又一次感受到丈夫对我的体贴和包容。有时我反问自己，如果倒过来，我能像他那样坐在一边，默默地守护？现在我自己跳舞，倒是乐在其中，丈夫怎么办？要他跟随我去跳舞，就像"赶着鸭子上架"；自己放弃跳舞，又做不了这个决断。两夫妻如果长期分开活动，久而久之，没有了共同语言，必然貌合神离，严重点就会"同床异梦"，对于步入老年的夫妻，这种境况将是多么悲凉凄惨！我一定不能让这种惨况出现。我想起丈夫曾说过在列宁格勒矿业学院学习时苏联同学瓦希里教过他拉丁舞、恰恰的"那两下子"，还用"那两下子"在学院共青团的活动中表演呢！所以，待丈夫退休后，我便用他曾学过拉丁舞的"那两下子"说服他，诱发丈夫对拉丁舞的兴趣，进而引他加入我的跳舞梦。由于丈夫的勤学苦练，我的坚定决心，丈夫成为我跳国际标准舞最佳 partner（舞伴）。我们夫妻，一起参加了国际标准舞各种比赛，甚至与世界级冠军赛手同场比赛，共同享受跳舞的乐趣，为我们退休后的晚年生活，增添了色彩！

卢贤栋、徐天侠不但与世界冠军级赛手同场比赛，还与比他们小两辈的年轻人及孩子同场比赛：

卢贤栋与徐天侠参加在新加坡举办的第四届
环球体育舞蹈公开赛，大会授予这对年龄最
大的赛手「长者特别奖」。

为朋友的公司活动任表演嘉宾跳拉丁舞。

參加社區舉辦的比賽。

2014 年 2 月 15，香港佛教联合会记者到卢贤栋家采访，此相是记者当时拍摄的。

卢贤栋与徐天侠参加了各种拉丁舞比赛，这是取得的部分奖。

现在，住在我们隔壁的是对年轻夫妻，和一个五岁多的男孩。孩子的声音，跟我的孙女孙儿小时候一样，又脆又清甜。小男孩有我从未见过的特征：头上有三个"漩儿"，头顶上一个，前额两个。"漩儿"周围的头发，形成一个小圆圈后又竖起来，看着孩子前额上两个那么独特的"漩儿"，会以为从天上飞降下来了小天使！

从我们客厅的窗户望过去，可看到孩子在他们客厅里玩耍、背唐诗、唱歌等。每天中午，孩子从幼儿园回来，我总会站在客厅的窗户旁，听孩子说话，有时忍不住，会将头伸出窗外，看孩子伏在窗边的桌上写字或念书。

有几天没听到孩子的声音，也没看见孩子在窗边的小桌上写字，我有点不安，孩子不是生病了？一个星期日的傍晚，在平台花园我看见孩子的父亲李先生，他正在跑步，看见我便停下来，与我打招呼。

我问李先生："小文源（孩子的名）没有生病吧？"

"没有，每天活蹦乱跳，健康着哩！"李先生稍带疑惑地说，又接着解释道："我太太带着孩子去超市了。"

知道孩子没生病，放心了，可我还是老实地问："那……好几天没听到孩子说话？"

李先生笑了，说："怕孩子在客厅玩耍太吵，影响叔叔阿姨休息，让他在里面睡房玩。"

我急忙说："别别……睡房小，孩子玩不开。"

听到叫"奶奶"的熟悉声音，小文源朝我们跑来，李太也随着走过来了。

我对李太说："我们喜欢听孩子说话，跟唱歌一样，有这么可爱独特的孩子住在隔壁，我们觉得很幸运！"

李太笑着说："您太客气了，住在叔叔阿姨隔壁，是我们的荣幸！"

自此以后，我们每天又可听到孩子清甜的声音，看到孩子天使般的小脸了！

我在这里居住的三十多年，见证了左邻右舍的变迁，体会到生老病死的自然规律。人生短暂，来去匆匆，在这有限的时日里，人们力争绽放更多的光和热，造福于子孙后代。

世界风云变幻，天灾人祸，而屋苑内，友善和谐却始终如一。屋苑的平台花园，不仅是我散步运动的地方，还是吸取正能量的美好空间！

徐天侠与隔邻的小男孩：李文源。

5. 换房间

我们有三个孙女、一个孙儿，我和丈夫在欣喜中迎来了他们诞生；在爱的期盼里注视他们成长。孙孙们，在各方面的些微变化，都会触动我们喜怒哀乐的神经。

毕竟，我们只是祖父祖母，实际肩负养育重任的，是孩子的父母。作为隔了一代的老人，怎样做到既表达了内心的关爱又不会扰乱父母对子女的教育？身为长者，必须认真处理好，否则越帮越忙！

卢刚和剑峰的孩子逐渐长大，面对住房怎样合理安排的问题。晓芝一人睡一间小房，当时弟弟家铭还小，与家务助理同睡一房。虽然一直是分床独自睡，但家铭现在已十二岁了，正处于发育期，与异性同房是否会影响孩子在生理、心理等方面的健康成长？我把我的忧虑告诉女儿卢刚，并敦促他们尽快把弟弟与家姐晓芝调换房间。说了几次，卢刚一会要与剑峰商量，一会工作忙要出差等等，给我的感觉是：我在多管闲事。

涉及孩子健康成长的问题，这个"闲事"我决心管定了。我在电话里对女儿说："是剑峰不同意调换吧？给他打电话，我跟他说！"

女儿听到我的语气这么强硬，哀求似地："您就别操心了，我们会解决的……他也是五十多岁的人了……"

女儿这句话倒是提醒了我，不能忘了各自不同的处境：他们现在正是奔事业出成果的时候，而我们早就是退休长者，再没有公务缠身，只是忙自己想做的事，不可能要他们事事都听我们的。

我语气缓和下来，说："你们知道要解决，我也就放心了。"可我还真是不放心，谁知道他们会拖多久，孩子一天天长大，拖多一天，我心里都不安。为了更有说服力，我决定咨询专业人士。

我给"香港家庭计划指导会教育组"写了一封信，信中说了我孙儿的情况和我的忧虑。我是 2017 年 2 月 5 日寄出的信，2 月 7 日就收到回信，这封回信对我确实很有帮助：一方面要我不要过分担心，另一方面又教我应怎样去处理问题。有了这封信，我对处理"换房间"的事，底气更足了。

正准备给剑峰打电话，电话铃响了，我拿起话筒，里面传来卢刚甜甜的声音："妈咪，您放心吧，我们都搞定了！"

"你说得具体一点，'都搞定了'指什么？"我不耐烦地问。

女儿从我的语气中，听出了我有些不高兴，仍甜甜地说："您别急，昨天剑峰请来了装修师傅，量了尺寸，把家铭原来睡房的两张床搬走，定做一个双层床，腾出空间，放晓芝的书桌，安装的日期都定好啦，您就放心吧！"

听女儿这么一说，我确实放下心头大石，也消除了"我在多管闲事"的误解。

为了让更多的父母及关心孩子成长的长者受益，现将家计会教育组的回信，刊载如下：

徐天侠女士，你好！

感谢你早前给我们的信，说的有关性教育的问题，以下是一些建议：

踏入青春期的少年，当然希望有更多私人的空间，若果能够安排独立的房间固然是理想的做法，但香港寸金尺土，不少人的成长过程中也需要与别人同房睡觉，即使如此也不一定对生心理产生负面的影响，所以也不要过分担心。

若果同住的家人可以多与少年沟通，了解一下他对房间的安排有什么意见，这种讨论的空间，可以让大家更能面对日后，男孩长大后不同的需要。毕竟成长中的青少年，正处于急速变化的阶段，日后或会更需要一些空间去处理自己的性需要。最重要的是同住的人都能互相尊重，保护大家的私隐，平常心面对这个性成长的过程。

最后，多与男孩谈论健康关系的重要，让他了解什么才是人与人之间建立关系的重要元素，好让他有一个更好的价值观，去与人相处。

希望以上意见可以帮到你。

晓芝陪弟弟家铭拍摄
小学毕业相。

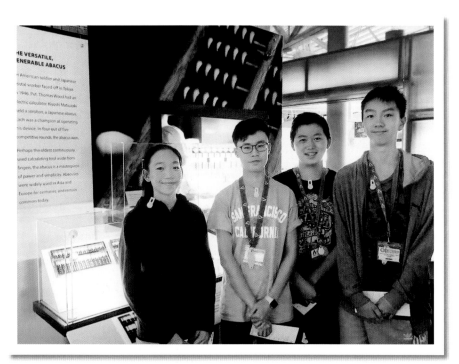

家铭（左二）与同学。

6. 孩子确实长大了

<1>

晓芝和家铭，随着年龄的增长，对人对事逐渐有自己的看法了，学校也有意识地培养孩子独立思考的能力。

晓芝在她的作文中，曾写过《我的妈妈》、《我的爸爸》。两篇作文我都看了，写得不错，观察父母很细腻，文字描述也还准确，并表达了对父母的敬爱。

卢刚告诉我，晓芝又写了一篇作文：《不可思议的人——我的婆婆》。当时，由于大家都很忙，作文又是用英文写的，她们一直没有告诉我具体内容。已过去两年多，大家早就忘了。可我，现在仍不明白，我怎么成了孙女眼中"不可思议的人"？无关紧要的事，以后大家想起了再说吧。

<2>

家铭写了一篇作文：《我的最 COOL 婆婆》。照他对我写书的要求"字少点图多点"，简单明了，有创意，老师的批语也颇幽默风趣。摘录如下：

外貌／特征：大大的眼睛、笑眯眯的嘴。

性格：活泼、开朗、正面。

一些有关他／她的特别事情：

她本来是一位舞蹈家，但因身体日渐衰弱，使她无法跳舞，所以现在是一位作家。

她在今年暑假，邀请我们全家到杭州参加新书发布会，这本也应该是她第八本书了。

我想提名一个：坚持奖给他／她。因为：她虽然年纪比较大，但为了追求目标和活力，所以要继续写书。

孙儿在婆婆的心目中，是位有正气、有风度的堂堂男子汉。

2008 年秋，暴发了金融海啸。一个星期六的傍晚，我在孩子家中，坐在客厅梳发上，与女儿女婿讲述被银行职员误导，造成金钱损失，当时在客厅玩耍的孙女孙儿，见我恼怒激愤的表情和语气，都瞪着惊奇的眼睛望注我，接着孙女跑过来扑在我的怀里，孙儿也随着跑过来，跪跳在梳发上，两手搭在我肩上，像大男子汉似的粗声粗气地说："婆婆，唔使惊，我在里度！"

在幼儿园，孙儿见到有小朋友欺负弱小，他会站出来保护被欺负的同学。

最近，我与贤栋和孩子们在酒楼吃饭，我跟女儿说："这阵子我很忙，还很辛苦……"

孙女问我："婆婆这么辛苦，忙什么？"

"写书。以前写完了，公公帮我抄，妈咪帮我转成电子版。现在，都得我自己搞定。"

孙儿听了，即刻说："婆婆，我帮您把手稿转电子版吧。"

家铭明年要升读高中了，现在正是冲刺的关键时刻，却自告奋勇要帮我。孙儿的话，让我既感动又鼓舞。我欣慰地说："婆婆谢谢你先！放心吧，我自己能搞定！"

孩子确实长大了！

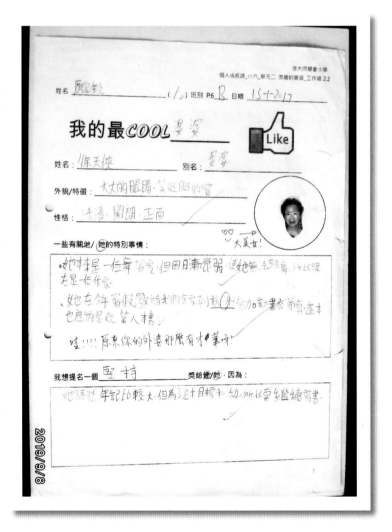

家铭的作文《我的最COOL婆婆》（影印件）。

卢刚到上海公干，孩子正好是暑假，家铭学校没有活动，她便带上家铭去上海。母亲带儿子游上海新民乐园。

家铭和同学在学校组织的活动中的合影，前排右二是厉家铭。

7. 阿拉宁波人

<1>

上个世纪 60 年代末，也就是 50 年前，贤栋与他所在单位的知识分子一样，下放农村"五七干校"劳动，清楚讲明：这次下放劳动是没有期限的，要有长期的思想准备。我知道后，决定带着两个孩子跟随丈夫去"五七干校"，准备长期甚至一辈子在干校劳动。

贤栋忧虑的是：我自己从未看管过孩子，都是请亲朋好友照顾的，大孩子六岁、小的才一岁，干校的条件肯定没有北京好。由于我的坚持，贤栋在无可奈何的情况下，只得同意，因为这符合他工作单位"长期"的要求。

虽然我态度坚决，也做了吃苦耐劳的思想准备，但心里还是七上八下、战战兢兢。我一直这样告诫自己：生孩子是女人的天职，爱孩子是母亲的天性，养育孩子是社会人的天义；我三者兼备，坚信自己一定能做一位称职的母亲。我和丈夫在干校一起劳动的老同事贴心帮助下，我们一家挺过来了！

"五七干校"的几年生活，使我深深体会到：在一个有等级、职业、贫富差异的社会，没有一个父母能独善其身；虽然抚育孩子是父母责无旁贷的天职，但让孩子健康成长，却是社会的天义；只有把我们的后代教育好，孩子能够健康成长，我们的社会才能持续向前发展，才能欣欣向荣。

<2>

时间过得真快，转眼，第三个孙女晓芝已进入高中二年级了，正在准备竞选学生会会长。港大同学会书院规定，只有高二的学生才能参加竞选，因为：高一生年纪还小，高三生面临毕业升大学，功课多学习忙。所以高二生最合适，而且只能当一年，锻炼机会均等，学校考虑得周全。

全家都动员起来帮晓芝竞选：家铭在网上帮家姐拉票；妈咪和她商讨竞选的各项事务；爸爸帮她制作宣传单张；我们除了在电话里说些鼓励她的话外，还在微博上竖起一个大拇指，写着"公公婆婆支持你！"虽然我们没做什么具体的事，但精神上的支持也是很重要的。

晓芝在竞选台上，用英文演讲了竞选纲领。

晓芝首先感谢校长、老师和同学："感谢你们给予我们的信任，并为我们可能遇到的任何挑战，付出了动力！"

晓芝说：“如果没有我们队长的热情、没有我们负责任的长官、关心同伴的辅导员和慈善团队的协助，我们就不可能享受到：这个既宁静又充满朝气的学校环境。我们能够在这样一个和谐的环境中学习、得到培养，感谢你们每个人，对我们学校的无私奉献。”

晓芝热情地说：“我们很荣幸能为学校服务，并创造一个难忘的学年。”她引用著名企业家理查·德布兰森的一句话：“一位优秀的领导者是一位伟大的倾听者。”鼓励同学们提建议，说出自己的想法，共同努力“改善我们学校”。

她坦诚地向同学倾吐自己的感悟：“永远不要让机会远离你，不管你是多么沮丧，要相信自己保留着无限的潜力，我敦促大家放下恐惧，试试吧，也许站在这里的下一个人，就是你！”

晓芝满怀激情，感恩地说：“每年，我们都站在巨人的肩上，我们不应该把这视为理所当然。感谢培养我们健康成长的学校、校长、老师！感谢你们付出的辛劳！”

在晓芝和她强劲的竞选团队努力下，竞选成功，成为新学年的学生会，晓芝肩负学生会会长的职责。晓芝充满信心，坚定地说：“我们学生会、队长，同伴顾问和慈善团体成员，不会让任何一个人失望！”

以晓芝为会长的学生会，除继续执行历届学生会的职责外，又开辟了新的服务项目。

如中午吃饭及休息时段：1 时至 1 时 40 分，会有广播。广播内容包括：同学送给某人生日的歌、祝福等，点自己喜爱的乐曲、歌曲，畅谈自己对某件事的感受等。

还会结合当今社会上出现的各种现象，请不同嘉宾来解说、分析。形式：两位同学做司仪 A、B，一问一答的方式引出话题，然后请有关嘉宾来讲解。

如举行讲解“网络罪行及行骗”的专题活动，由晓芝与另一位同学分别演绎 A、B：

“今天你看起来神不守舍？”

“我接到一个电话，说如不转钱到一个户口，就麻烦了……”

“那你要小心，可能是骗子，恐吓你转钱！现在请嘉宾警官跟同学们讲讲……”

内容紧贴现实，有教育意义，形式生动活泼。可以想象，两位年轻少女的演绎，一定是真切自然、有吸引力！

竞选成功后，厉晓芝和竞选团队与校长、老师合影。前排左三是校长，右四是厉晓芝。

晓芝和竞选团队，左二是厉晓芝。

同学们庆祝竞选成功。

同学们庆祝竞选成功。

少女的童真，中间是厉晓芝。

<3>

学校很重视学生的课外活动，为增进学生各方面的知识及群体意识，寒暑假学校会给注重青少年教育的有关机构，推荐合条件的学生参加活动。

晓芝参加了有关机构举办的到缅甸、泰国等国家去做义工、做探访，调研"一带一路"给当地带来了哪些生机，青少年的生活、学习得到哪些改善等现实问题。

学校依据晓芝击剑的特长，向有关团体推荐她，赴日参加击剑交流练习。

晓芝由学校推荐参加：由南区青年活动委员会与南区民政事务处联合举办的"2018年南区优秀青年嘉许计划"。经过有关评选面试，获评选为"南区优秀青年"，并于2019年2月24日举行的嘉许礼上，获颁发奖状及奖励的书券。

学校校长，以厉晓芝是学生会会长的资历，推荐晓芝参加香港青年协会举办的"香港200"领袖计划。此计划"为具卓越潜质的中学生，提供更全面、专业、更有前瞻性的领袖培训体验"，"着重个人与社会、现在与未来的联系。培训模式，引入科技元素、现象观察和社会考察，透过真实体验提升学习效果"。晓芝参加了协会组织的义工活动：如帮助小学生学习，帮助他们组织有关活动；探望长者；台风过后帮助清理垃圾，整洁市容等。

2019年2月24日举行的嘉许礼上，厉晓芝获颁发奖状及奖励的书券。

厲曉芝获学校推荐参加：由南区青年活动委员会与南区民政事务处联合举办的"2018年南区优秀青年嘉许计划"，经评选面试，获评选为"南区优秀青年"。

学校组织去泰国做义工。

<4>

港大同学会书院校长、老师，亲自带领学生到祖国各地参观、学习。2019 年 4 月 22 至 26 日，陈校长、沈君浩主任、蔡芷珊老师，率领 20 名学生参加"上海宁波姊妹学校交流团"。旅程结束，同学们对祖国各方面的飞速发展，赞叹不已，纷纷表示："大开眼界，认识了三地（上海、宁波、香港）的发展特色，亦体会了三地不同的文化，获益良多。"

在一次我们的家庭聚会中，晓芝热情地向我们谈了参加"上海宁波姊妹学校交流团"的感想。临结束时，晓芝却有点遗憾地说："原本，我以为又能在宁波博物馆看到太爷爷的铜像，结果在另外一个博物馆……"

家铭突然来了一句："阿拉宁波人！"

卢刚脑子转得快，立马笑着接过来说："没关系，阿拉宁波人，下次回宁波再去瞻仰太爷爷的铜像！"

2011 年，宁波举办卢绪章老先生诞辰 100 周年纪念活动时，晓芝和家铭都有参加，姐弟俩学会的第一句宁波话，就是"阿拉宁波人"。从此，宁波是他们的家乡、是他们的根，已深深印记在孩子的心坎里！

8. 给晓芝和家铭的信

<1>

家铭出生时，晓芝刚满两岁，两个这么小的孩子，一个家务助理肯定忙不过来，我和贤栋对带孩子也有些经验，又喜爱孩子，我们想帮家务助理分担一点工作，但女儿女婿不忍心，让我们已退休的长辈再操劳。

他们说："多请一个家务助理，经济上是有压力，咬咬牙，几年转眼就过去了。爸妈过来杏花邨逗逗孙儿玩，哄哄孙女睡，享受爷孙乐吧！"卢刚和剑峰确实懂事又孝顺。

春暖花开之际，我牵着刚会走路的孙女，贤栋抱着 BB 仔家铭，喜气洋洋在海边散步……

我和贤栋拍拖时，曾畅想带着我们的孩子，在《蓝色多瑙河》的乐曲中，漫步在蓝天白云下的海旁。当时，只是一对恋人浪漫的幻想。没想到今时今日竟成了现实：在心中爱的乐曲里，我手牵孙女、贤栋怀抱孙儿，呼吸海水特有的气味……窝心又欣慰，现实比幻想更甜美！

通常，孙女玩累了要睡觉，而且要睡她父母的大床，怕她弄脏床单，我会加上一块厚厚的绿色布（这块印有孙女尿迹的布我仍留着）。每次晓芝睡下去，总会拍拍旁边空着的地方，瞪着那双美丽的大眼说："婆婆睡，婆婆睡。"每次我都会听话地躺在孙女旁，孙女会侧过来，感激地望注我，我也慈爱地看着她，直到孙女慢慢闭上眼进入梦乡。有时，孙女会抓住我一个手指，看她睡着了，我才轻轻抽出来。有时，孙女在睡着前，会把那娇嫩柔软的小手放在我脸上，轻轻摸着，直到睡着，我怕把她弄醒，只得梗着脖颈不敢动弹，待孙女转身收回手，我才敢转动脖子起身。脖颈受苦，心里甜！

<2>

晓芝和家铭上幼儿园后，虽不是每天去看他们，一星期也有三至五天，陪他们去海边儿童游乐场玩。还经常代孩子的父母，参加幼儿园各种活动，与孩子们在一起，乐在其中！

孩子上小学后，见面少了，他们每天放学回家要做功课，不便交谈打扰，但只要学校邀请家长参加的活动，我们都会争取去。

晓芝升读高中，家铭也是初中生了，孩子学习紧张，作业又多，加上我要专心撰写自己的书，去看他们自然少了。有时也会通电话倾解，遇到重要的事，我们会以书信的方式写下来，通过他们的妈咪，电邮给他们。

将我保存下来的几封信，辑录如下：

晓芝：

听你妈咪说，最近你脾气好多了，也知道尊重别人，懂得说"谢谢"，成为有礼貌的少女。我们听了很高兴，在礼貌待人上，你向前跨进了一大步！

最近，你参加亚洲区击剑比赛，面对这么大型的赛事，又是第一次参加，你勇敢上阵，沉着应战，取得了名次，这是你勤学苦练的结果，应予嘉奖！

希望晓芝，保持这种勇于面对困难、积极向上的精神！

公公婆婆

2017 年 3 月 1 日

击剑教练（右一）带领晓芝（右四）等同学参加击剑比赛。

学校老师（左一）与厉晓芝（左二）
等参加比赛的同学。

晓芝第一次参加大型比赛，
取得了名次。

教练（后排左一）与厉晓芝（后排左四）等同学在比赛现场。

家铭:

听你妈咪说,你中文考了 30 分,全班第一,你在检视老师已批阅完的自己的试卷时,发现自己有一处做错了,老师没扣分,你主动告诉老师请纠正。

你失去了第一名,但你诚实的品德,远胜过第一名。

要做一个诚实正直的人,这次你做到了。特予以嘉奖!希孙儿继续努力。

公公婆婆

2017 年 3 月 1 日

晓芝孙女:

公公婆婆知道你喜爱击剑,很高兴。

击剑是一项需要体力和毅力的运动,同时又是一门艺术。当运动员跨前一步、刺出一剑,身体随之前、后、左、右在韵律里晃动,从剑术的力度、准确度中,渗出那蕴含的舞的美,这就是艺术。所以,击剑运动不仅能强身健体,还能陶冶人的情操。

希望晓芝,在进行击剑练习或比赛时,怀着乐在其中的轻松心态,体会那细腻的艺术的美。这是一种高质素的享受。

自己一人出去,乘坐交通工具时,切记注意安全。

公公婆婆

2017 年 5 月 15 日

卢刚陪女儿晓芝参加击剑练习。

正在进行击剑练习的晓芝（右边穿红鞋的）。

家铭孙儿：

从你母亲那里，我们得悉你的学习成绩和生活自理能力，都向前跨进了一大步，希你再接再励，争取更大的进步。

公公婆婆还知道，你的兴趣爱好广泛：自弹自唱，编写电脑游戏程序，研究机场管制及地勤服务的知识，击剑运动等。我们相信，你会科学分配你的时间。

你独自出去，或约会同学一起活动时，一定要注意安全：如交通安全、食物安全等。

公公婆婆

2017 年 5 月 15 日

厉家铭参观有关航空机场管制及地勤服务等的展览。

厉家铭参观有关航空机场管制及地勤服务等的展览。

晓芝、家铭：

　　你们长大了，已由孩童成长为少女、少男。在你们成长的过程中，得到父母和学校、老师及社会有关机构的精心教导，通过你们自己的努力，初步做到德、智、体、群、美的全面发展，公公婆婆很觉欣慰。

　　你们的成长，也激励了公公婆婆：要持续学习，不断增进自己的知识，力争跟上时代前进的步伐。

　　公公婆婆知道，我们都是年已古稀的长者，怎么努力，也难以跟上时代前进的步伐。但是，人活着就要有生活目标，在争取实现目标的过程中，去寻觅点滴的成果，享受努力付出中的美！

　　谢谢孙女孙儿，谢谢你们的父母！感谢学校、老师及关心青少年健康成长的有关机构！

公公婆婆

2017 年 7 月 15 日

<3>

家铭小学快毕业了，即将升中学，在这个重要时刻，学校老师建议家长给孩子写一封信。内容：1）回顾六年来，孩子在成长过程中，有什么最让家长感到窝心或欣慰的事；2）为孩子升中学送上鼓励。这封信将会在学校一项活动中，请老师交给孩子，向同学们读出信的内容，而孩子事先并不知道父母给自己的信，给孩子一个惊喜，加深印记。

我很认同港大同学会小学这项活动，对孩子有重大意义。而那突如其来的惊喜，渗透着孩童的情趣，可能跟随孩子度过整个学期。

现将家铭的父母写给他的信，辑录如下：

家铭：

你小学很快就要毕业了，即将进入中学。回顾小学六年，你在学校老师的教导下，于德、智、体三方面，都有不同程度的提高。

德：不管在学校或在家里，你从不说谎，不做不诚实的事。在学校，尽量做好老师的小帮手；节假日，学校有活动，你会主动申请做义工。出外旅游，你提最重的行李；和婆婆外出，你总是用那强劲的手臂牵扶婆婆行走。学校给你颁发了操行奖，肯定了你好的品德。

智：你的学习成绩在班级排名，每学期都有所推进，爸爸在指导你学习中，深有体会：家铭对学习渐渐开窍了。你有多方面的兴趣爱好：如编写电脑游戏程序，上网与网友互动；到小区表演自弹自唱，参加学校弦乐队拉大提琴等，这些活动都加速了你智力的发展。

体：家铭爱户外活动，骑单车、爬山等。你克服了小时候怕水的弱点，学会了游泳。又参加学校击剑运动，所以你的个头很快超过了婆婆，又超过了妈咪，和家姐一样高了，这是你坚持运动的结果。

有一件事，一定要告诉你：在婆婆的新书发布会上，一位文学评论家说："徐老师的书，图文并茂、通俗易读，就像和读者交谈一样。"你婆婆告诉我们"得感谢家铭"，因为你给婆婆提出要求，要她"字少点图多点"。所以，你婆婆动笔写书时，总是想着你的要求，怎么能使家铭这样的少年孩童可以多看懂一些。当婆婆看着你的作文《我的最COOL婆婆》时，深情地说："孩子长大了，渐渐理解，婆婆为什么用那么多功夫、心思去写书。"

看到你健康成长，婆婆和我们一样，既窝心又欣慰！

在即将到来的中学新阶段，我们都期盼家铭：在原来的基础上，更进一步，继续坚持德、智、体全面发展。

家长：父亲厉剑峰、母亲卢刚

2017 年 5 月 26 日

家铭练习高尔夫球。

家铭为学校节日表演，练习击鼓。

9. 台风"山竹"

<1>

秋天，在人们的心目中，应是秋高气爽、登高眺望的好季节。香港的秋天，按说也是美好的，不过风球太多，动不动就是"1号"、"3号"风球，要是挂上"8号台风"，可是大件事了！

我的孩子住在杏花邨，2017年秋，台风"天鸽"袭港，当时杏花邨居民楼房前的海边，在10号超强台风吹袭下，掀起六层楼高的巨浪，海水涌到岸上、冲进停车场、渗入住房大楼，停水、停电……其他风口浪尖低洼的地方，造成的破坏，可想而知了。

秋天，对我来说，还有一个阴影：贤栋每到入秋就会咳嗽，好好坏坏拖延几个月，他自己也不重视，到药房买点止咳的药水或药片……说实在的，听着他那咳嗽声，我都替他难受。所以今年入秋，贤栋一出现咳，我就要他到医院去看病检查，查清楚为什么每年入秋就会咳嗽，是自身的问题，还是客观环境的影响：如对气候、花草等过敏？考虑到政府医院等的时间长，加上他的病情目前又不太严重，也许还不会给他看病，我决定去私立的圣保罗医院，该医院相对其他私人医院收费便宜一些。

为了不让丈夫又推脱不肯去医院，我坚持要陪他去，可说是强迫他和我一起，坐上了去医院的出租车。

2018年9月15日，因是星期六，我们赶在上午12时前到了医院。给贤栋看病的是位中年女医生，我看了桌上的名片，叫吴耀萍。

吴医生对我们打量了一下，又特意看了一眼立在我座椅旁的两根拐扙，然后望注我，亲切地问："您哪儿不舒服？"接着看电脑。听我说是我丈夫，她微微笑了一下："嗯……卢贤栋……"

贤栋听到医生说出他的名字，以为是叫他，立即说："是，我是卢贤栋。"

吴医生继续翻看电脑，关心地问了一句："挂3号风球了，两位怎么来的？"

我回答说："乘的士来的，风不算大。"

吴医生停止看电脑，转过脸，对贤栋说："护士给您量了体温，有低烧……"又回转过去看电脑，自语似地："86岁高龄……"若有所思且温和地对我俩说："这样好不好，我写封信，转介卢先生去政府医院……"

通过和吴医生简短的交谈，我感受到，她定是一位细心善良的好医生。她知道我们乘的士来医院，太太拄着两根拐扙陪老伴来看病，就是说没有私人车，也没有家务助理，不像是有钱人，她想帮我们省钱，才会主动提出转介去政府医院。

我感激地："谢谢吴医生！"接着，把丈夫的病况和我的想法，坦诚地告诉了她。

吴医生想了想说："需住院检查，再确定治疗方……"

我急忙说："好，住进医院我放心一些，丈夫也不会太辛苦。"

吴医生拿起电话，询问完有关病床的事，对我们说："有普通病床，请护士给卢先生办住院手续吧。"

<2>

从医院乘的士回到家，已是下午 5 点多了，由于一直处在奔忙紧张的状态，没有吃午饭也不觉饿。丈夫看病的事安排好，心里踏实了，这才发觉肚子饿得"咕噜咕噜"叫。平常这个时间，贤栋已在准备晚饭了，今天既然得"自食其力"，不如花点心思，正经做顿饭。

巧媳妇也做不出无米之炊，看看有什么材料。打开冰箱，里面有一包菜心、一棵卷心菜、法国餐包、还有半包小鱼干。贤栋每天早餐都会吃鱼干，说增加钙质，我觉着硬，吃一两次再也没吃了。既然有益，今天把小鱼干加加工：放点醋、糖蒸，又软、又有甜酸味，一定好吃；再做一个清炒菜心，虽然一年多没动过炒锅，心情好就炒一次菜吧！

把香喷喷的蒸鱼干、绿油油的菜心端进客厅，放在多用桌（抒写、看报、吃饭等）上。回厨房拿餐包和筷子，嗅到还未消散的油烟味，打开厨房门，一阵强风朝我袭来，急忙抓住左边的洗衣机，稳住身没跌倒。突然听到"嗖"的一声，糟糕，不知哪扇窗被风吹开了……急忙关好厨房门，一手拄着拐扙，一手扶墙，大步跨进客厅，即刻感到由睡房那边吹来的强风，我明白了：刚才打开厨房门造成了对流的空气，睡房那扇窗被强风和空气对流吹开了！

睡房这扇窗对我来说，最难开又最难关，因为隔着窗台有一段距离，我的胳膊不够长，平时都是贤栋管开关。我不顾关节痛疼，急忙冲走过去，一看……哎呀！这扇玻璃窗全被强风吹开了！要不是新整修加固过，可能已被强风吹破，掉落在相距 21 层的平台上了，如不幸砸了人就更是大件事！我试着爬上窗台，刚把右脚抬高少少，关节就如钻心似地痛，还是求救吧，给大堂保安打电话，请他们帮忙。

急匆匆走到电脑桌旁，抓起话筒……啊哟，我不知道电话号码，等我翻找出来，那扇窗说不定已经被吹坏，掉下去了。我向左挪了两步，拉开房门，想求邻居帮忙，见楼道里三家邻居的房门紧闭，如我走过去拍门呼叫，家里还不一定有人，拖的时间越长危险越大，决心自己解决。

我拖着落地柜前那张特别的凳，放在睡房的窗台前，这张凳特别之处，是有伸缩的两级台阶，专供家庭登高用。我拉出凳的伸缩梯，踏上去跪在凳上，强忍着两膝钻心的痛疼，顺手拉过窗台上一叠衣服，放在紧靠窗花的地方，两腿保持跪着的状态，咬紧牙关一吸气，迅速将跪着的两腿先后挪到窗台上，紧接着爬跪上那叠衣服，总算减轻了一点坚硬的窗台对膝的刺痛。我将胳膊伸出窗花，仍抓不到那扇窗的把手，便将脸钻进窗花的空隙，整个上半身用力往外伸，终于抓到把手，猛力往回一拉，左手迅速按下开关锁住，还不放心，又顺手拽过来一条长睡裤，分别用一条裤腿捆住把手，一条裤腿系在左侧另一扇窗花上，应是万无一失了！

放心地嘘了一口气，想退回到凳子上，发觉膝以下的小腿不能动弹、没有感觉麻木了……顿时脑子里闪出：我躺在床上大小便，别人帮我洗漱，我坐在丈夫推着的轮椅上等画面。不行，决不能让这些想象成为现实，因为我还有一双健壮的胳膊，思绪清晰的头脑，冲出逆境的坚强意志……

现在不是自我哀怜的时候，集中思想找办法……动，一定要动，迅速改变目前跪的姿势，让血液循环畅通，尽快使血液流入小腿。我将右手从胸前向左伸出，抓住左侧的窗花；左手往后撑住窗台，一拉一撑同时用力，我默默数着：一二三向左转！动啦，向左转过来我趴在窗台上啦，小腿伸直了，就是说小腿恢复了知觉能活动了！我趴着退向凳子，然后身体顺着凳往地面滑，我的脚蹬到伸缩梯踩到了地板，左手急忙抓来旁边的拐扙，右手撑住一侧的梳妆台，用力向上一挺，站立起来，我站立起来了！

这场惊险遭遇，弄得我精疲力竭，如果丈夫在家，肯定不会发生。

贤栋从医院打电话回来，告诉我："吴医生探视过病房，下午已照了 X 光，明天要抽血，还会有几项检查。"语气较轻松，反过来却担心我，说："电视报导名为'山竹'的台风来势汹汹，很快要改挂 8 号风球，甚至 10 号风球。你自己能对付吗？"我当然要他放心，更不会把那场与"天斗"、与"人斗"（我自己）的惊吓事告诉他，只要他的病能治好，自己受这点筋骨之痛，值得！

桌上的饭菜已经凉透，也嗅不到什么香味，更说不上食欲了，纯粹为了填满肠胃。吃饱了，我坐在电视机前，正要打开电视看看台风"山竹"的讯息，突然一阵拆骨抽筋的痛疼涌上来，急忙起身擦抹止痛药膏，待痛疼纾缓，即刻上床睡觉，因止痛药膏还有镇静的作用。

风的呼啸声，把我从酣睡中惊醒。第一个反应：看那扇"问题窗户"是否又被吹开了，没事，仍被睡裤紧紧捆住。看了一眼梳妆台上的闹钟，已是半夜 12 时了，起床巡视了全屋的门窗，都已关紧没问题。

去完洗手间，上床继续睡觉……翻来覆去，怎么也睡不着。腰骨倒是没那么痛了，但外面一阵阵强风向楼房袭来，感觉像山崩地裂了，我睡的床好像也随着摇摇欲坠的高楼晃动，比 40 多年前唐山大地震还可怕！当时我在天津演出，半夜被震醒。唐山发生的 7.8 级强震，确是山崩地裂了……我提醒自己：别怕，现在只是自己的感觉、想象。

去年超强台风"天鸽"袭港，并没有"山崩地裂"的可怕感觉，是因为夜晚有丈夫睡在身旁，才没感到害怕，有时丈夫还会伸过手拍拍我说："没事，只是风声。"没想到，"山竹"袭港竟只有我一个人在家，越想越凄凉，想着想着睡着了……

<3>

"山竹"确是来势汹汹，昨晚 12 时，已由 3 号风球调高改挂 8 号风球，怪不得半夜被风声惊醒。

2018 年 9 月 16 日早上 9 时 40 分，天文台又调高，改挂 10 号风球。"山竹"造成几千棵树木倒塌，多处地方严重水浸引致交通瘫痪，不少屋苑停水停电，政府宣布学校停课两日。

女儿打电话来，说他们住的这栋楼又停电停水，他们吃完晚饭，孙儿孙女和家务助理来我家冲凉。

晚上将近 8 时，我正在看电视，孩子们来了，等他们换好拖鞋放下背包，我站起来，要他们跟我去浴室，教他们使用冷、热水的开关。

家铭自信地说："不用说了，婆婆家的和我们家的热水炉一样，是同一个师傅装修安装的。"

我笑着说："家铭真醒目，十几年前装修的事还记得！"

孙女打趣地："十几年前，还没有细佬哩！"

计算年龄，孙女没说错。我对孙儿说："你是 2005 年出生的，04 年我们两家都已装修好了，你怎么……"

　　"妈咪讲的，妈咪说婆婆家厨房用的锌盆、浴室的洗漱用品，都是爸爸去订购的，跟我们家的一样。"孙儿说。

　　房子买来住了二十几年，一直没想到要装修，主要是没精力折腾。剑峰应承，装修的事，他来安排张罗，不用我们操心，我们乐得坐享其成了。从电视拍摄出来的效果，真的很好：简单实用又雅致。一住又是十几年，孙儿也快14岁了。

　　我发现孙女那双美丽的大眼转来转去，不知在搜寻什么？

　　孙女突然问我："公公出去了？"没等我回答，又接着说，"这么大风，出去好危险！"

　　我说："公公住医院了，很安全。"

　　"公公住医院了？妈咪没话卑我哋知！"孙女有点惊奇地说。

　　"你妈咪也不知道，我没告诉她，怕你们担心。"我回答。

　　"公公自己去？这么大风，好危险……"孙女担心地。

　　"我陪公公去的医院，当时风不算大……"

　　家铭打断我的话："有冇搞错？婆婆拄着两根拐扙，陪公公去医院看病？"

　　孙女急切地："我们都可以陪公公去医院！"

　　知道两个孩子这么关心公公婆婆，很觉欣慰。我笑着说："你们放心，公公只是咳嗽，没有大病；婆婆拄着拐扙，只是走得慢一点，没什么问题。以后，如有自己解决不了的事，一定向你们求助。好啦，快去冲凉吧。"

　　晓芝沉稳地说："我不走了，今晚在婆婆家睡。"

　　孙女说这句话的语气，不是征询别人的意见，而是宣布她的决定，颇有学生会会长的风范！

　　听到孙女的话，把我高兴得连声说："好、好！家铭，你也可以在婆婆家睡，晓芝和婆婆睡床，家铭睡梳……"

　　晓芝威严地："不行，细佬要回家做功课。"对弟弟："你先冲凉。"

　　家铭嘀咕着："你不做功课？"

　　晓芝："我的功课在手机里。"

　　我缓和地："下次家铭把功课带来，就可以在婆婆家住了……你去冲凉先！"。孙女可能怕弟弟给我添麻烦，而她留下来，是要照顾我、陪我。

　　我心里甜滋滋，起身走到长桌旁，弯腰想拖出桌子下面的储物箱，孙女忙跑过来："让我做！"

　　我指挥孙女，从拖出的储物箱里拿出洗净的毛巾被、枕套、枕巾，家务助理接过来，到睡房更换。

孙儿、家务助理各自冲完凉就走了。我坐在自己的专椅上看电视，晓芝坐在我左侧的梳化上，见她看着手机默默念着什么，便将电视的声音调小。

孙女忙说："没关系，音量不用调低。"

我笑笑说："婆婆听得到，通常你公公坐在梳化上闭目养神，都是这么小的声音。"

晓芝关了手机，询问我的日常生活习惯，如几点起床、什么时间睡觉、早餐吃什么等等。我看了一眼电视机旁的钟，已是晚上十时了，便催孙女："时候不早了，你去冲凉吧。"

"我每晚都是 11 时以后才睡，您先睡吧。冲完凉，浴室我会收拾……"突然站起来，把手机放在桌上，对着我，有点歉意地："差点忘了，这就去倒垃圾。"

我告诉孙女，干净的垃圾袋在厨房小柜子里。孙女将洗手间和厨房装着垃圾的塑料袋扎紧，看她正在换鞋，便告诉她垃圾房的位置。孙女倒完垃圾回来，又分别将两处装垃圾的塑料桶，套上干净的垃圾袋。

我提醒她洗手，将一条洗脸的新毛巾、一支新牙刷交给她。

孙女接过来，翻来覆去看牙刷，笑着说："好得意，这么小的牙刷！"

"儿童牙刷，当然小！"再打量面前婷婷玉立、比我高大半个头的妙龄少女，我也笑了，说，"现在给你用儿童牙刷，是小了点，你们在婆婆的心目中，总是那么娇小……好啦，你慢慢洗漱吧，我睡觉了。"我关了电视，又提醒孙女，睡觉前把灯都关了。

孙女懂事地："知了，妈咪经常这样提醒我，您放心睡吧！"

我躺在床上，心里甜滋滋的，有孙女睡在身旁，什么都不怕了。14 年前，孙女要我陪着才能睡着；14 年后的现在，我却由孙女陪伴才能安心睡觉。庆幸自己有这么孝顺的孙女、孙儿！

半夜醒来，刚坐起，睡在我左边的孙女突然说话了："婆婆，您怎么啦？"

听孙女的声音，不像是睡着了刚醒来。我回答说："没事，去洗手间，你一直没睡着？"

孙女"嗯"了一声，接着说："可能换了床，不习惯。"

我去完洗手间回来，发现晓芝紧贴着床边睡，心痛地："怪不得你睡不着，贴着床边，睡着了，一不小心就滚落到地上了……你是不敢睡着。往中间挪挪。"

"我怕踢着婆婆。妈咪知道我要陪婆婆睡，提醒我，脚千万不能踢着婆婆，踢着了，骨就会断裂，贴着床边睡就不会踢着婆婆了。"孙女认真地说。

"傻孩子，这么大张床，你公公都不会碰到我，何况你！"

孙女瞪着那双美丽的大眼，天真地说："我现在跟公公一样高了！"

"婆婆又不是玻璃造的，就是踢着我，也没关系。相反，我知道孙女睡在旁边，心安了，睡得更好！往里靠……"见孙女仍不动，我便走过去，要将她往里推，孙女这才往里挪动。

一觉醒来，天已大亮，可不是，快八点了。侧过头看看孙女，熟睡的模样更可爱，真想摸摸那白里透红的小脸蛋。我伸出手又缩回来，怕把她弄醒，昨晚孙女自己折腾了大半夜，没睡好，原因是：怕踢着婆婆。让她多睡一会儿吧，确实是个懂事的好孩子！

我轻轻起床，去浴室冲凉。待我洗漱完出来，孙女已坐在客厅看手机。见我朝自己的专座走过去，忙把椅子上的衣物拿走。

"学校不上课，你就多睡会儿嘛。"我边说边坐下。

"睡够了。婆婆，您记日记用什么本？我可以看看吗？"孙女问

"可以。"我从电视机柜的抽屉里，拿出一个灰色记事本；又从一堆资料中，抽出一个浅绿色的练习簿，给孙女看。我说："这两本是近期记述的。灰色本里记得较简要；遇有较特别的事，或触动大、想法多，就会记在这个大的练习簿上。"

看到晓芝兴趣盎然地来回翻阅两个日记本，我认真地问道："你记日记吗？"

孙女闪动着那双清亮的大眼，望注我，肯定地："我也记日记。"

"记日记是个好习惯，不仅可以帮你留着记忆，在记述过程中，还可以让你重新审视所见所闻：有值得赞美学习的，也有要否定唾弃的，还有自己不明白的事等等。客观记述周围的事、遇到的人，有的可以实时加入主观的看法和感受。若干年后，再回头去看自己的日记，一定会有新的评述。其实，日记是自己成长历程最好的见证，也是……"

看到孙女有点疑惑的神情，这才发现自己说得太多，太过投入，便打住说："坚持记日记吧，婆孙共勉！"

晓芝精神抖擞地重复道："坚持记日记，婆孙共勉！我该去大家乐买早餐了……"

"你一说，还真有点饿了。你把柜台上的钱包拿来……"我接过钱包，从里取

出港币一百元给孙女："够不够？"

"够！往常公公给您买的皮蛋瘦肉粥套餐，不会超过 30 元，再买一个其他的套餐，也只需几十元。"孙女在行地说。

我笑了："你很熟悉价钱。"

"我经常帮家里买快餐，价钱差不多都记住了。"孙女颇得意地说。

婆孙俩，津津有味地吃着各自的套餐。我的套餐里的炒米线，每次都是留到晚上给贤栋吃，今早也是这样。

孙女看我把装米线的盒子盖起来，问："您不吃了？"

我学孙女小时候惯常的动作，拍拍肚子："吃饱了，不吃了。"

孙女笑了，也拍拍自己的肚子："没饱，还要吃！"拿来装米线的盒子，三口两口就把米线吃光了。立起来，对着我又拍拍肚子："吃饱了，不吃了！"像小时候那样翘起小嘴。

逗得我哈哈大笑，看着面前健壮高挑的孙女，我自豪地想：带着孙女上街，坏人都得远离我三尺！

电话铃响了，晓芝跑过去接电话。

我站起身，慢慢走过去。见孙女对着话筒叫"公公"，接着又对着话筒说："我去接您吧！"停了停，又说，"那妈咪去接您出院……"她把电话递给我，对我说："公公要跟您说话。"

我接过电话，听到里面熟悉的声音："你一切都好吧？"

"好，好，昨晚孙女陪我睡，睡得安心又踏实。你咳嗽止住了没有？"听丈夫说'不咳了'我仍不放心，因为他既不爱看病更不愿住医院，便问："是医生批准你出院，还是你要求的？"

"当然是医生批准的，你挂着两根拐扙陪我来医院，我得珍惜！"丈夫真诚地说。接着又颇轻快地："否则，对不起老伴一片爱心！"

贤栋的幽默感又出来了，说明他的病应该是好啦，便放心地说："我马上去医院，给你办理出院手续。"贤栋一再强调不要我去，说他正在办出院手续，快办完了，再过一个小时，乘的士就到家了。

晓芝收拾好用完的餐具，看看洗手间和厨房，都没有什么垃圾，便将即弃餐具扔去垃圾房。回来洗完手，说："我回家做功课。"

我送孙女走出房，自己停在开着门的房门口。

孙女没走几步，突然又转回来，说："婆婆，我帮您把午饭买回来吧。"

我急忙说："不用，你公公会把午饭带回来。"见孙女那要走又不放心的神情，我柔和地说："放心吧，婆婆没事，再说你公公一会就到家了，你快回去吧！"

孙女朝前走了几步，刚要拐弯到乘电梯的地方，见她又回转身，即刻说："婆婆没事，你放心回家吧！"

孙女带点询问的语气说："那我回家了？"

"那我回家了？"这语气，就像她小时候哭着不要我走，我温柔地哄她说："你再哭，那我回家了？"

孙女发现我暗自在笑，也情不自禁地笑了。说："婆婆自己小心，别跌倒，我回家做功课了。"转身走了。

我看孙女拐过去，听到电梯开门、关门的声音，知道孙女真的回家了。回到房间，坐在我的专椅上，闭目思情，回味和孙女共聚的时光……

孩子长大了！

阳光少女晓芝。

我和孙女晓芝、孙儿家铭在商场购物。

星期日，我与贤栋和小刚一家在酒楼
饮下午茶，在酒楼外贤栋给我和晓芝
照了一张"小孩"与小孩的相。

10. 上任 · 卸任

<1>

天方和晓芝是表姊妹。天方已大学毕业，现在香港中文大学读金融专业的硕士学位；晓芝是香港大学同学会书院的高中生。两姊妹有不少相似之处。

外形：都有大大的眼睛、黑黑的眉，一头浓密的长发，高挑的身材。

特长：从小学习弹钢琴；因学校乐队需要，学习第二种器乐：天方学大提琴，晓芝学小提琴。

性格：心地善良，勤奋执着，进取好学；从小就能自控，管理自己的学习。

<2>

由于父母的遗传基因、成长环境的差异，造就了天方与晓芝各自独特的个性。

天方一直在内地生活学习。上幼儿园就是全托（包宿食，星期六、日接回家）；上小学后，四年级开始寄宿，是住校生中最小的学生。年纪小小，就须自我管理自己的生活、学习，包括每天利用午休练习弹钢琴。这造就了她的独立性、坚韧力及融入新环境的自信。

为了在各方面的激烈竞争中，取得好成绩，孩子几乎没有玩耍的时间。我表扬鼓励她时，天方总是闪动着那双明亮里渗出一丝忧郁的大眼，老三老四地说："一分耕耘一分收获嘛！"

2019 年 7 月，天方进入香港中文大学，成为金融专业硕士班学生会会长。

现将她上任时的演讲（英文）译录如下：

女士们，先生们，早上好！

欢迎来到 2019-2020 学生会工作咨询现场！我叫艾丽斯。在接下来的十分钟里，作为学生会会长，我将向大家简要介绍学生会结构，以及我们的目标和明年的活动计划。然后，我的团队成员，会更详细地介绍各自部门的职责。

这张图表展示了我们的框架。如大家所见，我们总共有五个部门：财务、公共关系和市场营销、娱乐和活动、内部联络和校友纲络。每个部门有一至两个副会长，他们可以一起分担工作、交换想法。

　　我们成立这个组织，是因为我们想给我们的同学创造难忘的经历，提供机会结交更多朋友，让我们的班级像一个温馨的大家庭！

　　为了实现我们的目标，我们将举办一系列活动，包括校友聚会和内部娱乐活动。校友聚会又有多种形式不同的活动：如徒步旅行、攀岩、篝火晚会和茶会等。在团队工作和活动中，与校友交朋友比和他们一起吃午饭有趣得多，因为我们会和他们分享既相似又不同的经验和记忆。对于内部联谊，我们关注更有意义的主题活动。例如：我们打算在圣诞节组织一次烧烤聚会，春节后的一次春宴。为庆祝一年一度的"三八"妇女节，我们特别在三月初的女生节，举办烘焙或手工制作活动。

　　以下是我们的校友职业辅导计划：三个学期大约举行五次活动，为了覆盖更多领域，我们每次会邀请两位在不同领域工作的校友，为大家进行职业咨询。

　　春节，一直是备受重视的传统节日。为欢度佳节，春节期间我们会举办春饭，席间教授、老师和校友，将和我们一起用餐。希望春节餐聚，能缓解同学们的思乡之情。

　　最后一项是告别晚宴。晚宴将于 2020 年 6 月下旬举行，那时所有人都已完成为期一年的学习，相互更加熟络，因此告别晚宴，一定是最激动人心、大家玩得最尽兴的活动。

　　明年我们还想组织其他有趣的活动，如 2020 年 2 月 29 日，在九龙举行的蝙蝠侠夜跑。

　　活动介绍就到这里。现在，我很高兴邀请我的团队成员，进一步介绍他们的职责。

　　晓芝在家里，有时我们会跟随家铭称呼她"家姐"。虽然只比弟弟大两岁，但照顾弟弟、保护弟弟，晓芝认为是当"家姐"的责任。她爹哋从小培养她阅读的兴趣、对书籍的喜爱。通过阅读不同的中、英文书籍，增进了孩子的思维能力；扩大了孩子的小小天地；加强了"事事都要做到最好"的意识；渐渐形成了晓芝坚毅、争胜的个性。

　　晓芝在港大同学会书院，任学生会会长已经一年。现将她卸任时的演讲（英文）译录如下：

陈女士，校长、老师和同学们，早上好！

我很荣幸再次站在这里，一年转眼即逝！

我演讲的主题是：如何可以时光倒流，就像亚伯拉罕·林肯曾经说过的那样："我走得很慢，但我从不向后走。"我将不再沉迷于过去，而是从错误中吸取教训，展望未来。

回想起来，我们作为学生领袖的历程，充满了泪水和欢笑。我永远不会忘记，我们为圣诞节舞会所做的疯狂准备；关于服装捐赠的无休止的会议；万圣节活动的促销工作……真的很累！然而，逆境带来力量，辛勤工作的果实比最甜的花蜜更甜！

但是，如果没有在坐的各位对我们的帮助，果实可能就会烂掉。因此，即使您多次口头表达了您的不愿意，我仍想借此机会，感谢我的学生会成员一直以来的努力！感谢老师们审视了我们的建议并删除了多余部分。我出色的朋友和家人，为我在所有跌宕起伏的过程中，给予我无条件的支持。在每个事件中，我们的IT和管理人员，都会提供帮助。陈女士在我们学校里，促进自由讨论和拥抱多样性。最后但并非不重要的一点是：我们很荣幸进入了这所学校，我们得到了平等的机会和鼓励，使我们可以在我们的小世界中，迈出巨大的一步，感谢您的不懈支持！

担任领导职务，就像您得到了一座美丽的花园一样，你可以创造、培养、改变。有时，你最喜欢的植物会枯萎而死；伤痕累累的玫瑰仍然是玫瑰。花些时间欣赏你的园丁，享受阳光，还有那蓝天白云的天空。有时，当你对面前的工作感到沮丧，不要向以前的园丁寻求建议。你甚至会发现新的种子，或者发现在灌木丛后面的秘密小径，原来可以通往另一座花园。在这里，你可以释放出永恒的激情；在你的小宇宙中，创造一个伟大的新世界！

今天，也许标志着我们任期的结束，但我们服务的热情并没有结束。对于所有未来的学生领袖，我祝大家一切顺利，并在每次活动中付出120%的努力，您绝对不想成为最后期限的战斗人员。对于所有同学，让我们为学校继续贡献力量，使我们的学校变得更好，即使看起来很小的事，小事情的涟漪效应也非同寻常。最后，通过继续追求美德、追求真理，来满足您对知识的渴望，为即将到来的机会做好准备。借此，我祝大家学习愉快！谢谢！

天方（右）于天津南开大学金融学院毕业。

周恩来总理是天津南开大学的校友。天方（左二）与同学在"南开百年周恩来纪念讲堂"合影留念。

学生会组织的活动。

2019 年 7 月，天方获香港中文大学金融系录取，读金融硕士学位，并任
金融专业硕士班学生会会长。在开学活动中，天方与 Sam 老师（左）合奏。

孙儿、孙女在我们家中欢聚一堂。前排左起：徐天侠、卢贤栋；后排左起：
晓芝、家铭、天方

11. 活动共享

<1>

晓芝和家铭两姐弟感情深厚，父母有时管教家姐时，刚会讲话的弟弟，看到家姐流泪，会揽住她大声说："别怕，我在里度！"家姐去幼儿园，弟弟总是跟着送到校门前才肯回家。

家姐虽说只比弟弟大两岁，却事事都照看着弟弟。晓芝为了参加幼儿园的"小小音乐会"，要我教她跳舞。机会来了，孙女主动提出，一定会认真学习，不会像以前要哄她才肯学。我想顺便把家铭也带上，跟着家姐总不会逃课吧？！确实，每次教晓芝，弟弟都会到场，不过没有认真正经地学过一次，不是扯扯我的衣裙就是拉拉家姐的手，一会儿撒尿，一会儿喝水，我都有点烦了，不想再让他跟着。我对弟弟说："以后我教家姐跳舞，你不用来了，自己看画册吧！"

家姐反对，认真地说："弟弟可上心了，经常偷偷地练舞！"就这样，忍受着弟弟的捣乱，完成了舞蹈的编练。

幼儿园今天举行"小小音乐会"。我们一行五人：姐弟俩，我和贤栋及家务助理，坐在礼堂表演舞台前第一排。听到老师宣布："婆婆与孙女跳恰恰"的节目，弟弟立马蹦起来往台上跑，家姐反应也不慢，随即跟在后面，看到弟弟跨不上舞台的阶梯，一把抱起他，我想阻止已来不及了，只得跟在后面张开两臂，以防家姐顶不住跌倒，我可随即撑住姐弟俩……晓芝将抱着的弟弟在舞台中央放下，直起腰呼呼喘气。虽然只有两级低低的台阶，但抱住只比她低一个头的小男子汉，确实使出了吃奶的力。弟弟抓住家姐的手，踮起脚，对着家姐红红的脸蛋亲了个响吻。台下响起了家长和孩童的热烈掌声。老师再次宣布：欢迎婆婆和孙儿孙女跳恰恰！

我们随着拉丁舞恰恰的音乐，欢快地跳起来，在音乐的节奏里，弟弟绕着我们前后左右活蹦乱跳……弟弟即兴的"舞步"，不但没有破坏恰恰舞的完美，相反突出了孩童的特点和表演的娱乐性。从台下观众有节奏的掌声中，我知道"婆婆和孙儿孙女跳恰恰"已大功告成！

参加孙女幼儿园的活动，看着孩童们那稚气可爱的小脸，听着孩童们清脆甜亮的声音，我们这些公公婆婆都觉得自己又年轻了！

我教女儿卢刚跳拉丁舞。

我和贤栋教晓芝跳舞。

卢刚帮女儿晓芝练习即将上台表演的舞蹈。

我和贤栋带着家铭参加晓芝就读的幼稚园举办的"小小音乐会"，
表演的节目是《婆婆和孙儿孙女跳恰恰》。

<2>

2007 年是香港大喜的日子：香港回归祖国 10 周年，各界都会举办不同的庆祝活动。我们和香港七百万同胞，共同经历了香港的剧变。香港回归后出生的孙女孙儿，随着香港的发展成长。香港也是我们的家，家有喜事当然要庆祝。我和贤栋决定参加"全城劲舞贺回归"纪念活动，用舞蹈表达我们内心的喜悦、对家园的爱。我们抓紧时间用功练舞。

7 月，在伊丽莎白体育馆举办的"全城劲舞贺回归"大型拉丁舞比赛揭幕了！女婿厉剑峰和女儿卢刚，带着两个孩子和我们一起见证了这重大历史时刻！

回家的路上，在地铁车厢里，两个孩子兴奋的一直不能平静坐下，一会儿靠在我身边，一会儿坐在公公腿上，摇晃着挂在他们胸前公公婆婆的奖牌……看到孩子那天真可爱的得意样，所有辛劳疲累都消失了。卢刚怕孩子影响我们休息，硬按住他们坐着。孩子便不停地发问，特别是晓芝，那双明亮的大眼一转又是一个问题："什么是回归？香港为什么叫特别行政区？"要给几岁的孩童解说，对孩子父母的智慧可说是一大考验。我和贤栋看似闭目养神，内里却专注地听女儿女婿和一对子女的交谈。因为在公共场所，他们都细声细语地说话。我微微听到晓芝说："知啦知啦。"和家铭鹦鹉学舌地"知啦知啦"的话。

我碰碰丈夫轻轻笑着说："小孙孙说'知啦知啦'，真的听懂了？"贤栋意味深长地："只要父母耐心解说，孩子又肯专心聆听，总有一天会明白。"

徐天侠和卢贤栋参加在伊利沙伯体育馆举办的"全城劲舞贺回归"大型拉丁舞比赛，我们正在比赛中跳拉丁舞。

徐天俠和盧賢棟參加在伊利沙伯體育館舉辦的
"全城勁舞賀回歸"大型拉丁舞比賽,我們正
在比賽中跳拉丁舞。

我们在颁奖台上领奖。

晓芝挂着公公的奖牌，公公抱着她站上台。

剑峰抱着儿子和我们一起在颁奖台前合影。

<3>

我的新书《老人与小孩》出版了。2012年7月19日香港书展中，出版社举办了作者与读者会面交流的活动，出席的嘉宾有香港作家联会张继征伉俪、香港儿童文艺协会吕勉之先生及其他朋友和传媒。并特意邀请了书中两位主角：晓芝和家铭。晓芝学校有活动没来，家铭则一直精神饱满、兴趣盎然地陪我站台，至活动圆满结束。

一个星期六的晚上，贤栋刚关了电视机，我们准备睡觉，突然电话铃响了，吓我一跳。我拿起话筒，不满地问了句："谁呀？"电话里传来家铭的声音："婆婆，《老人与小孩》我看完了。"

听了孙儿的话，睡意顿时消失，欣喜地问："看得懂吗？"

孙儿在电话里又叫了声"婆婆"，可能正要回答我，被妈咪打断。电话里传来小刚的声音："时间不早了，别影响公公婆婆休息……"我听到孙儿"嗯"了一声，他接着说："婆婆，以后写书字少点，图片多点。晚安！"挂了电话。

贤栋关心地问："小刚说什么？"

"是家铭！"我将孙儿的话一字不多一字不少、原原本本告诉了丈夫。贤栋听了我带有情绪的复述，笑笑说："也难怪家铭，又要听妈咪的话不影响我们休息，又迫不及待地要向婆婆说出自己的想法。不过从他简短的话中都表达了。"

我不满的是：怪小刚没让孙儿尽情说出对书的意见。经丈夫这么一提点，再静心细想，孙儿的三句话，对书的意见确实很精炼地表达出来了。第一句话："《老人与小孩》我看完了。"告诉我书能让他产生兴趣，吸引他看完；第二、三句话："以后写书字少点，图片多点。"就是说还不够通俗，有些字句、内容他看不懂，希望多些图片帮助阅读理解。

孙儿的"三句话"提醒了我，以后要在这两方面多下功夫：一是词句的运用——简单明确；二是叙事的方法——像和读者交谈一样，尽量做到不同年龄文化层次的读者，都可理解看懂。孙儿对婆婆写书的要求，也就是婆婆改进写作技巧、不断提高新书质量的努力方向。

我和贤栋在书展。

作联的朋友张继征与儿协的朋友吕勉之出席《老人与小孩》在书展的活动，
孙儿家铭也帮婆婆站台。

<4>

宁波是父亲卢绪章的家乡，孩子们对自己的祖籍宁波了解不多，包括卢洪、卢刚。所以宁波有什么活动，贤栋和我总会尽力召集全家，积极参加、热情投入。

2011 年 7 月，宁波市举办"卢绪章先生诞辰 100 周年"纪念活动，我们全家参加了活动。卢刚虽是首次踏足宁波，但爷爷与宁波的血脉亲情，已在她心中深深扎根，热切地希望能为家乡的建设尽绵薄之力。

卢绪章的后人参加卢老的一百年追思会。左起：长儿媳徐天侠、长子卢贤栋、大女儿卢丽、孙女卢刚和卢洪。

卢绪章的长子卢贤栋的子孙在卢老的铜像前。

贤栋和我在父亲卢绪章的铜像前接受传媒访问。

卢贤栋和我与其弟卢贤钧的女儿（左一）、儿子（右一）。

我们与贤栋的细妹卢兵及妹夫李保恒。

宁波举办百年卢绪章特别展。

卢贤栋在特别展开幕仪式上讲话。

纪念活动结束后，卢刚即刻行动，想将环保引进宁波。卢刚所属企业光大国际的领导和同事，都全力支持。卢刚频繁地来回奔走于香港和宁波之间。在宁波市各级政府和宁波广大乡亲父老鼎力推动和支持下，促成了其母公司中国光大集团与宁波市政府签署全面战略合作协议。2012年4月28日，确定光大国际以BOT（建设—运营—移交）方式，投资建设北仑生活垃圾焚烧发电项目。

卢绪章的孙女——宁波帮的第三代，怀着对长辈的敬爱、对家乡的深爱、对事业的热爱，和光大环保人一起，投入到宁波人民建设美丽宁波的行列！

2014年元月21日，北仑项目工程建设顺利完成，正式开始生产运营。这是宁波人民和光大国际共同打造的金色品牌：北仑花园式垃圾焚烧发电厂——东海国际航道上的新地标！

参加纪念活动的孩童们，对纪念曾祖父的活动意义，不可能完全明白；对爷爷奶奶、叔叔阿姨的讲话，也不可能都听得懂。但是，一个个都神情肃穆、异常专注地听。我深信，纪念活动绽放的正能量，将陶冶他们稚气幼嫩的思觉，引导孩童们健康成长！

<5>

2016年8月7日，在杭州举办了我的新书《人间有情》发布会。三个孙女和孙儿参加了发布会，以及给杭州市图书馆环保分馆的赠书仪式。活动结束，朋友带领孩子们参观名胜古迹。我向孩子们提出：由杭州回来，每人要写一篇感想。

8月21日晚上约7时，接到家铭的电话："婆婆，《杭州之旅》写好了，电邮给您了……"

我高兴得冲口而出："你可是第一个交稿的作者！"

贤栋好奇地问："什么作者作者的，谁呀！"

我捂住话筒回答说："家铭，告诉我他的'感想'写好了，已电邮给我，你快打开电脑……"我挪开捂住话筒的手："喂，家铭……"

电话里传来家铭急急的声音："优酷网站有婆婆新书发布会的视频。我要做作业了。"挂了电话。

我和贤栋认真地看阅孙儿的"感想"。文章写道："我们去杭州主要是参加婆婆的新书发布会和去游玩。在旅程中，我最难忘有两件事：第一，去看了宋城；第二，去了千岛湖。"接着分别说明了宋城和千岛湖为什么让他难忘。最后一段写道："在回家的途中，旅途发生的事一一浮现我脑海里，我不仅对历史有进一步的了解，而且还玩的很开心呢！"

　　不久，晓芝送来了她写的《杭州之旅》。文章写道："从船上远看，那些岛屿绿葱葱的小山一个叠着一个，从高处眺望，波光粼粼的湖水与数以万计的岛屿形成了一幅独特的山水画……"她描述了"味道"、"味览"、"味赏"，又写道："摇橹船的那位阿姨的悉心与热情；婷婷姐与章叔叔周到的安排照顾；一家人一同游玩的快乐时间……这些，都让我感受到温馨的人情味！"晓芝也用了不少篇幅谈发布会的感想，说回到香港一定要把《人间有情》认真看完。

　　9月2日，收到继湘的《杭州之旅》的电邮。她从描述宋城，观赏大型表演《回忆历史，见证历史》，联想到环保："不禁想到刚姨所从事的环保行业，不正是对中国，对人类有着千年长远意义的事业吗！也许几十年后，我会带着我的子孙们再来宋城，来到刚姨和她的同事们建设的花园式环保垃圾焚烧发电厂！"

　　9月8日收到天方的电邮。文章充满情感地描述了发布会及对长辈的敬佩之情："这是一场精神的饕餮盛宴"。在"这是一次团聚的快乐旅行"一段中，尽情抒发了对妹妹、姐弟的爱。又从她接触过的叔叔阿姨身上，"我学习到了一些做人的道理……他们都有一些共同点：与人为善，心胸开阔，平易近人，吃苦耐劳。衡量人的标准，颜值仅仅是一小方面，品德、修养、个性才是最重要的"。文章最后写道："温暖的亲人，可敬的叔叔，美丽的风景，湛蓝的天空，将永久铭记心中。魅力杭州，情意江南，留此记忆，回味一生！"

　　从孩子们"杭州之旅"感想中，贤栋和我看到了孩子们的思想情趣、人生价值观，已沿着正确的方向健康发展成长。

12. 感恩

<1>

每年，孩子们都会到酒楼给我们过生日，每次我们都会说："不要花这个钱了，听到你们说声'生日快乐'就已心满意足！"但是，每年照例一大家子都要去酒楼欢聚一堂，庆祝我或贤栋的生日。

今年，再加上我和贤栋结婚 60 周年，孩子们早打定注意：和我的生日一起庆祝。孩子们说："60 年，大半个世纪，我们都四、五十岁了，爸妈不但仍那么恩爱，还那么健旺，这是身为子女的福气。"

不幸，发生 COVID-19 全球大流行。卢刚打电话来问我，想在哪家酒楼吃饭，我不容反驳地说："不出去吃饭了，防疫、抗疫第一！"

女儿在电话里咕噜着："庆祝爸妈结婚 60 周年和您的生日，这不是吃不吃饭的小事。"她突然理直气壮地，"爸妈抚育我们长大，子女为父母庆祝生日，是感恩的一种方式！"

我笑笑说："你们有这个想法，父母就老怀大慰了！"

经商讨，最后决定：孩子们来家给我们庆祝。

<2>

6 月 7 日星期日，天方一大早起身做清洁，打扫完客厅，整理好摆放生日蛋糕的桌面，便回房间做功课。

吃饭的时间到了，今天不打算吃午饭，这是三人的共识：留着肚子吃蛋糕。我和贤栋换上了整洁的衣服，坐在梳化上等候。不一会，听到门外喧哗声，知道是孩子们来了，起身打开房门迎接。

晓芝提着蛋糕，见我站在房门旁等候，高兴地说："婆婆生日快乐！"迈入客厅。

家铭提着食物也进来了，对着公公和我，一本正经地："公公婆婆长命百岁，寿比南山！"

剑峰和卢刚紧随其后也进入客厅。

天方从房间里出来了，换了一件我送给她的红格子上衣。

孩子们带来的食物，围着生日蛋糕摆满一桌。跟往常一样，仍是先拍照再切蛋糕。以前都是贤栋拍摄，今天他也是寿星之一，孩子们不让他拍，由剑峰代劳。

三个孩子和两个大人，嘻嘻哈哈，你推我嚷，加上晓芝不停地扭摆，青春的活力感染每一个人，包括我这位老婆婆。拍照时，大家情不自禁地摆出各种自认为优美的姿势，既温馨又逗乐。

拍完照，大家围着桌子坐好：我和贤栋坐正中，孩子们分别坐在两边，天方点燃插在生日蛋糕上的蜡烛。

家铭突然大声说："婆婆别急着吹，许愿先！"

我笑笑说："是啰，这个心愿一定要……"

没等我说完，晓芝又提醒说："要在心里默默许愿，说出来就不会实现了。"

剑峰见大家还在吱吱喳喳，威严地："大家安静，让婆婆许愿！"顿时雅雀无声。

我扫视了一眼坐在两侧的儿孙，面对生日蜡烛红艳艳的亮光，紧闭双眼，默默许愿：第一，人人身体健康，防疫抗疫全球取得胜利；第二，子女生活幸福事业有成；第三，孙孙们好好学习、天天向上。睁开眼，吸口气吹蜡烛，吹了几次都没吹灭……

女儿对孩子们说："帮婆婆吹！"

孩子们开心地笑着，像似在用力吹，也没吹灭……公公出动了，迅速吹出一口气扑向蜡烛，火焰摇晃了一下终于熄灭了！

孩子们拍手欢呼，齐声说："祝贺公公婆婆结婚 60 周年，长命百岁！"家铭高声地又补上一句："寿比南山！"

晓芝提出问题："婆婆许愿的时间为什么这样长？"

天方替我回答说："婆婆愿望多！"

卢刚说："侄女说得对，婆婆的愿望一定很多。我和剑峰的愿望，虽然没有妈妈那么多，可一定比你们多。"指指几个孩子。

晓芝抢着说："是啊，我现在只想把期终考试考好，下学期还能拿到奖学金。"

天方接着说："我只想读完硕士学位找一份好工。"

家铭："暑假我想出外游学，参观各地的博物馆。"

"我知道爹哋妈咪的愿望也很多……"晓芝自信地说

"他们有什么愿望，你说给大家听听！"公公笑着说

剑峰和卢刚相视笑了一下，剑峰问晓芝："我们有很多愿望吗？"

晓芝热情地说："是，希望我们吃好、睡好、身体好；希望公公婆婆不要生病、不要跌倒、生活快乐；希望我们在香港上大学，希望……"

　　卢刚打断女儿的话："行啦，别说啦！"拿起切蛋糕的刀，要我和她爸各伸出一只手，一起抓着刀柄，然后郑重其事地："请爸妈切蛋糕！"

　　家铭急忙制止："等等，大家把相机、手机准备好，对好焦距，我说'行动'，公公婆婆就落刀，大家就可以开机拍摄了！"

　　贤栋喜笑颜开地说："还是家铭细心，想得周到。"

　　除了我和贤栋，每人手里都拿着一部相机或手机，各自找最佳的角度准备拍摄。

　　家铭认真地："准备！一、二、三，ACTlON！"

　　庆祝公公婆婆结婚 60 周年及生日，在孙儿一声号令下，揭开了"家宴"的序幕……

　　<3>

　　2020 年，我和贤栋结婚整整 60 年，在这 60 年里，我们经历了人世间大大小小的天灾人祸。与此同时，孩子们也跟随我们经风雨见世面，在不同的境况中长大、成家立室，最小的孙儿也都 15 岁了。我俩一头乌黑的发丝，逐渐变白、稀疏；年轻光滑的脸面，已由暗哑、皱纹取代；随之而来的是身体上，出现的各种老年病痛……生、老、病、逝，本是不可抗拒的自然规律，没有自怨自哀；回顾已过去的时日，没有遗憾，可谓知足者常乐！

　　在 COVID-19 全球大流行之际，孩子们煞费苦心，为我们操办了特别的庆祝活动：家宴。孩子们对父母、祖父母这份深情，滋润着老人的心！

婆婆对着生日蛋糕闭眼许愿。

寿星婆婆吹熄燃着的蜡烛。

卢贤栋与徐天侠一起切蛋糕。

我们在卢刚家过春节。左起：厉剑峰、卢贤栋及抱着的家铭、徐天侠、
天方、晓芝、卢刚、卢洪

晓芝与家铭为家人表演联手弹钢琴。

转眼三个孩子由孩童成长为阳光少男少女。左起：晓芝、家铭、天方

13. 馈赠

<1>

新冠肺炎疫情，已持续一段时日了，全港出现口罩荒。情人节，大部分情人们，最想要或最想送的礼物都是口罩。

我和丈夫不须返工，自我隔离很易做到。我可以完全不外出，只保持每天到住宅大厦平台花园运动 1 小时即可；贤栋每天一早要去私人会所游水，还得去快餐店买饭，到超市采购一些家庭日常用品，走得不远，时间也不长，所以口罩对我们来说，并不那么紧迫急需。现时购买口罩那么艰难，一位 80 多岁的老人决不可加入抢购风，到时口罩没买到，还要担心跌倒、中风或感染疫症……与其提心吊胆不如等候，静观形势变化，说不定疫情受控，或是口罩供应多了……

不过，贤栋一个多星期后，要去医院复诊拿药；我三月初要去医院看骨科，都需戴外科口罩。我的病好说，反正是老年人的慢性病，迟些时间看问题不大；但贤栋要拿的是控制高血压的药，每天得准时吃，如果断药，轻者头晕、跌倒，重者血管爆裂中风，甚至有生命危险。当然，到了非戴口罩又没买到的紧急关头，可向女儿索取。

我们之所以仍不向女儿开口要，是怕影响他们使用。他们夫妻俩要返工，两个孩子加上家务助理都得戴口罩。但距离贤栋看病的时间一天天逼近，口罩仍无着落，不是迫在眉睫，我们不会向卢刚索取。

今天照例，午饭贤栋去快餐店买回来吃，我则在厨房搞清洁。

听到钥匙开门的声音，知道丈夫采购回来了。放下手中的清洁工具，去接应他。当我接过丈夫一袋物品时，发现他手中拿着口罩。我稍带责怪的语气说："去抢购口罩，不要老命了！"

贤栋却和颜悦色地说："先别生气……我没去抢购，口罩是隔邻李太送的！"

听到丈夫的话，我内心涌出一种情感：既不是单纯的感激，更不是一般的喜悦，在疫情严重、全城一罩难求的情况下，竟有人送给我们口罩……这次，我亲身体会到"雪中送炭"的真正意义。

没过几天，李太又送给我们一包口罩，女儿也将口罩送来了。去医院看病或外出购物，再不愁没口罩戴，不用提心吊胆感染病毒了。

<2>

岁数大了、老了，岂止爱唠叨口水多多；体内五脏六腑都在老化，大小便也多多，前因后果，厕纸必然用得多多，以前一卷厕纸可用好几天，现在只能用一天多。

平常，一条厕纸用到剩一两卷才去买，现在情况有些特殊。加上，从报纸的新闻看到，劫匪不去抢劫银行的银纸，却去抢劫超市的厕纸，竟有这么离奇古怪的事。以防厕纸断供，还剩五卷我就催促贤栋去买，开始他还笑我"杞人忧天"，等到他发现超市放厕纸的货架上，连着几天都空空如也，家里的厕纸眼看就要用完，丈夫紧张了。他从收银员那里得知，别人都是提前来排队拿号，决定也这么做。

今天，贤栋提早去了超市。果不其然，丈夫回来时，手里提着一条厕纸，我高兴地接过来，笑着说："老公犀利，终于抢购到了厕纸！"

丈夫也开心地说："我哪有那本事，是好心人让给我的！"

贤栋告诉我，今早出家门正要进入电梯时，同住这层楼的谭老师（已退休）赶来，请他按住电梯等一下，谭老师急急迈入电梯，客气地说："不好意思，让您等，我赶去超市排队拿号买厕纸。"贤栋告诉她自己也是去超市拿号买厕纸。两人走出电梯来到大堂，大厦的保安叶女士，应是知道厕纸缺货的行情，主动告诉他们：大厦左侧临街的药房，正在售卖厕纸，要他们快去。

两人匆匆赶到药房，售货员告诉他们厕纸已售完。贤栋看见一位中年女士在收款机前付款，她旁边站着一位菲籍妇女（应是那女士的家务助理）提着三条厕纸。贤栋便问收银员："她不是还拿着厕纸吗？"

收银员说："这是最后三条厕纸"。收银员看看已付清款的女士，再看看他俩，好心地说："你们和这位女士说说，能不能分给你们一人一条。"

谭老师看那女士没表态，便谦和地说："我知道，你买到厕纸也不容易，不用分给我，就分一条给这位老伯吧！"

那位女士听到谭老师说的话，也友善地笑了笑，说："好，分一条给老伯。"从家务助理手中拿来一条厕纸，递给贤栋，说："39.9 元。"

贤栋接过厕纸，随即交给她港币 40 元，感激地说："谢谢你，谢谢各位的好心！"

赠送一包口罩，转让一条厕纸，虽不是重大馈赠，却可以探出人心的冷暖！

14. 求医

<1>

我和贤栋早已进入了老年，如果说这是人生倒数的阶段，又未免太悲观，但体内的器官却出现了"罢工"的征兆。看医生频繁了，两人每天吃的药，几乎占了桌面的四分之一。

当然，我们是有理智的人，生老病逝，本是不可抗拒的自然规律，既来之则安之，乐观面对现实，在最坏的境况下，争取最好的结果。

最近，贤栋的老毛病又出现了：小便不顺畅。按理应该去看医生，但目前疫情严峻，我们担心去医院会节外生枝：将我们先隔离 14 天检测新冠肺炎。忍了几天，病情严重了，便到屋苑附近一家诊所求医，吃了几天药仍不见效。

我俩商讨，决定还是去医院。又出现了问题：可能因小便堵塞在体内，贤栋腿脚肿胀起来，导致行走困难，就我这位体重只有 44 公斤的长者，要搀扶体重 75 公斤的丈夫去医院，行吗？

贤栋首先表示不行，苦笑了一下，说："在'五七干校'，我生病不能走路，你要我坐在自行车上，你推着车走一公里多路，送我到干校医院……别忘记，那是 50 年前，你年轻力壮……"见我沉默不语，他又接着说，"我理解你的心情，别着急，再忍几天，说不定会好转。"

丈夫说的事，我仍记忆犹新，当时"五七"战士们，光着腿脚在抽干的水塘里，用自己的洗脸盆挖出污泥，运去稻田里做肥料。我和干校几位宣传队员，在水塘岸边唱语录歌、说快板，给"五七"战士加油打气！贤栋被污泥里的病菌感染，不久发烧、腿脚肿胀，痛得寸步难行，我才想出要他坐在自己的自行车上，我推着他去干校医院。

确实，现在我身体的状况，不能与自己 50 年前比，现在连走路都要拄拐扙，我又不想惊动卢刚，他们工作都很忙，还要照看两个未成年的孩子，怎么办？

正在我俩左右为难时，4 月 11 日傍晚，孙女天方从香港中文大学那边回来了，看到公公的病况，着急地说："期中考试结束了，这两天没有课，我可在家帮婆婆做点家务。"

听到孙女的话，稍微安心了一些，说："今天都早点休息，明天上午去圣保禄医院给你公公看病，乘的士十多分钟就到了。"

<2>

4 日 12 日上午 11 时多，我们正要出门，天方刚要扶起坐在梳化上的公公，电话铃响了，我要天方去接电话。

孙女跑到电话机前，拿起话筒："喂……刚姨，您好……"

我看她支支吾吾，示意她捂住话筒，轻轻对她说："别说公公生病，就说我们一切都好。"

天方与卢刚通完话后，说："刚姨好像预感到有什么不妥，追问我，公公为什么没准时给她回微信？"

通常，我们与女儿每天都会用微信互报平安，有时还会讨论一些孩子的事。这几天贤栋不舒服，没及时回应，我又是手机盲一窍不通，女儿不放心，便往家打电话。

我们不想告诉卢刚她爸爸生病，是怕他们担心。老年人这痛那痛，出现小小病症，在所难免，如果都告诉他们，无形中给他们增添了压力，加重了他们的负担，不仅会打乱他们的生活，对他们的工作也会产生一定影响。所以，我们生病去医院，一般都不会对孩子们说，自己解决就行了。

我们乘的士来到圣保禄医院门诊，为贤栋看病的乐家豪医生，向我们问完病情后，随即进行了各种检查，并及时处理了尿塞问题。

待部分检查结果出来后，乐医生告诉我们，有疑似新冠肺炎的征兆，对我们作了详细讲解，耐心劝服我，到具备这方面条件的医院，作进一步检测。

我理解乐医生的决定，因他既要对面前的病人负责，又要顾及全港抗疫的大局，尽管我不想让丈夫转院，在无可奈何的心情下，也只得同意。离开前，我说出了自己的意愿，我恳切地说："如果检测结果不是新冠肺炎，我希望卢先生仍到贵院诊治。"乐医生听了我的话，友善地笑笑，给了我一张泌尿中心主管罗克强医生的名片。

卢先生坐在轮椅中，由医护人员推着，我们来到医院大门外，乐医生为我们联络好的急救车已在等候。见我们到达，急救车上的医护人员与圣保禄医院的医护人员交接，并核对了卢先生的身份证。

在医护人员抬卢先生上急救车时，我要孙女自己回家，不让她跟我去，因为她在中文大学读的硕士学位即将完成。我对孙女说："大学很快就要期终考试，在这个节骨眼上你感染了病毒，可是大件事，我不能让你冒这个风险。"可孙女说什么也不肯回家，哀求我让她去。

　　来扶我上车的一位急救人员，可能听到几句我对孙女说的话，笑笑说："婆婆，放心吧，车里很安全！"

　　天方听完那位年轻人的话，没等我表态，转身快步蹬上急救车。我在两位急救人员帮助下，也上了急救车。

<3>

　　我们于 4 月 12 日下午约 4 时，由急救车送到湾仔律敦治医院急诊室。医护人员认真、负责、细致地给我丈夫诊断，并有医生向我详细询问了病人发病前后的情况。经专业检测，排除了疫症的疑虑，随即送往"4B 老人科病房"，住院医治有关泌尿方面的疾病。

　　我和孙女在"4B 老人科病房"门外等候，希望能入病房看看安置的情况。

　　一位姓戴的先生从病房出来，告诉我不能进去，并登记了联络人的电话，然后说："晚上准备给卢先生穿'安全衣'，因他两个夜晚起身都站立不稳。"

　　我向戴先生了解"安全衣"的结构，及怎样起到"安全"的作用。原来是用衣上的带，将病人捆绑在床上，只有上半身和头可稍微蠕动。我认为对一位头脑清晰、认知正常的病人，用穿"安全衣"的方法控制行动，对病人的精神将会造成一定的冲击。我说了自己的看法，表示不赞同给卢先生穿"安全衣"。

　　戴先生说："会考虑您的意见。"

　　4 月 14 日中午，接到医院谢先生的电话，他详细地询问了卢先生发病前后的情况，我讲完后，告诉他我现在准备去医院，给卢先生送洗漱用品，如有问题，还可当面问我。

　　下午约 3 时，我和孙女到达律敦治医院。在"4B 老人科病房"门外，通过门外对讲机，说明来意：送洗漱用品，并取走换下的脏衣服。

　　和一位女医护人员交接完衣物后，我又表示想入病房，看看丈夫现在的状况。她进病房后，过了一会出来，告诉我们：因医院的制度，疫情期间，亲友不能入病房探视，要我们放心回家等候，医院会帮病人做电话视像与家人交谈。

　　我们听了很兴奋，即刻返回家等候。

　　下午 4 时多，在家中和贤栋视像通话，看他神情还平稳正常，说话还算清晰。约 5 时半，进行了第二次视像通话，这次用的是医院廖姑娘的手机。丈夫告诉我们，病房的医护人员很好，热情细致；饭菜也香，晚上睡得也好，要我们放心。

　　经过两次与丈夫视像通话，确实放心了！

　　4月15日上午约9时半，我接到圣保禄医院乐家豪医生的电话，他首先问我丈夫的病况，当他知道卢先生已在律敦治医院住院诊治后，我在电话里感觉到乐医生嘘了口气，稍轻松地说："这我就放心了！"他接着告诉我，卢先生胸部的检查报告出来了，建议我取回，交给律敦治医院，听取医生的意见。

　　我与乐家豪医生通电话的内容，其他家人得知后，和我一样：既感动又感激！

　　4月15日下午，我和孙女到圣保禄医院取回卢先生的检查报告，随即送往律敦治医院"4B老人科病房"。病房护士告诉我们，卢先生上午已送往6楼"过渡病房"检测。我们紧张了，为何还要进行疫症检测？

　　我俩怀着紧张不安的心情，奔往6楼"过渡病房"，通过病房门外的对讲机，表明我们是卢先生的家人，了解他现在的病况。

　　出来接应的是位姓王的男护士，他大概看出了我们焦急的心情，安慰我们说："不要着急，医院为了对病人负责，再次检测，今天下午7时前，检测结果就能出来。"

　　我迫不及待地说："我们就在这儿等结果！"

　　王护士笑笑说："还有好几个小时，你们回家吧，有了结果，我第一时间给你们打电话。"

　　回到家里，坐立不安，俗话说"度日如年"，我可是分秒难熬。孙女为了打发时间：搞清洁，拖完地，又这儿擦擦、那儿抹抹……

　　电话铃终于响了，我站起来迈向电话机……还是孙女快，她飞跑过去，一把抓起话筒，急切地："怎么样？啊……刚姨……"

　　我抢过话筒，三言两语讲了她爸爸的病况，说我正等一个重要电话，晚上再详谈，女儿似乎要问什么，也只得狠心挂断电话。

　　看着电视机旁座钟的秒针，一秒一秒慢慢移动……快6时半了，干脆坐在电话机旁等……

　　"当当！"铃声刚响，我蹭地站起抓起话筒，电话里传来王护士的声音："找卢先生的太太！"

　　我急切地："我是，我是！"

　　王护士说："检测结果出来了，没有问题，稍后会送卢先生回'4B老人科病房'。"

　　我高兴得对着话筒反复说："谢谢、谢谢！"直到发觉王护士已挂断了电话，才收声。

4月15日傍晚，知道了丈夫检测结果没问题，疑虑解除了，提心吊胆、紧张的心绪也随即消失，祖孙两人不约而同地说："肚子饿了！"这几天没吃过一顿像样的饭菜，匆匆忙忙塞饱肚子就得，今天一定要好好吃一餐。

打开雪柜，空空如也，这才想起没去过超市买食物；再打开锌盆下的厨柜，好彩，找到了一罐鲍鱼和一包方便面，吃鲍鱼面够高级！

祖孙俩正在享受美味晚餐时，卢刚打来电话，我给女儿说了她爸的病况，并解释为什么没有告诉她，在交谈中，我感觉到女儿委屈的情绪。通话结束时，女儿说："我谅解父母的苦心，爸妈都是高龄长者，作为子女，关心、照顾父母是应该的，以后有事，一定不要再瞒着我们。"

因不能探视，卢刚、剑峰每天用微信与卢先生沟通，把孙儿孙女在家网上听课、行山跑步等户外活动的照片发给他。孩子们的深情，不仅温暖了老人的心，同时促进了病体的康复！

卢先生在律敦治医院"4B老人科病房"，住院治疗期间，得到梅医生、戴护士、张姑娘、廖姑娘、刘文员等医护人员的精心治疗和照顾。梅医生和其他医护人员，持续将卢先生的病况和治疗告诉我们，还耐心地和我探讨治疗方法。由于医护人员严谨负责的诊断和治疗，卢先生的病情很快得以控制，并正朝好的方向进展。

转到"3A老人科康复及延续治疗病房"后，又得到毛医生和其他医护人员精心诊治，及充满爱心的护理。余护士还关心卢先生出院后，家人对他的安置；病房社工打电话给我女儿，告诉她卢先生出院后，会有专业护理人员来家，培训家人如何护理等事项；何护士知道卢先主将转院，详细询问了转院后具体安排，并再三问我床位是否确定，哪位医生诊治等等，我们听了既窝心又感动！

4日27日上午，女儿来律敦治医院替我结账，办理她爸出院的手续。

4月27日下午约2时，我们怀着感激的心情，登上律敦治医院给安排的救护车，前往圣保禄医院。

卢先生于律敦治医院出院不久，我们收到"医院管理局"寄给卢先生的邮件：介绍"护讯铃"的资料及卢先生的"护讯铃"会员证。

资料中写着："护讯铃于二零零九年四月成立，是香港首个小区健康电话支援中心。"介绍"护讯铃"成立的目的、服务对象、如何使用、服务时间，注明"此服务为医院管理局提供，费用全免。"

在目的一项中是这样阐述的："我们主动透过电话跟进刚出院的高危长者病人，为他们提供一站式的支援及延续护理。'护讯铃'服务致力协助他们在小区保持健康。"

"护讯铃"的成立，确是长者的福音！

<4>

2020年4月27日下午约2时，我和女儿、孙女陪同卢先生乘律敦治医院提供的救护车，约2时半抵达圣保禄医院。女儿把我们送到后，随即返回公司处理事务。

门诊谢启聪医生为卢先生看病，经化验、检测。下午约5时，门诊护士告诉我们检测结果，排除了疫症，可请泌尿中心主管、驻院顾问医生、泌尿外科专科医生罗克强医生看病。

得知这个结果，我们祖孙三人高兴得喜笑颜开、相互击掌，我强忍住欣喜的泪水不断向护士道谢；我看到孙女转过脸擦泪……和我同甘共苦生活了60年的丈夫，孩子们尊敬的父亲、祖父，不用受隔离之苦……压在心上的大石终于落地了！

我们来到罗克强医生的诊室，他专注地听完我对卢先生病况的叙述，然后看电脑里的"医健通"，查阅有关卢先生在律敦治医院诊治的纪录，接着让卢先生躺在床上给他检查……

卢先生坐回轮椅后，罗医生明确地问我们："转来圣保禄医院是想做手术，对吧！"

我们也肯定地回答："对，是想做手术。"

罗医生："你们去办理住院登记，准备明天做手术。"

4月28日下午2时，卢先生进入了手术室。我们一直提心吊胆，他毕竟是年近90的高龄长者，如果全身麻醉，万一醒不过来……我们在家等候的几个小时，如坐针毡。

下午约4时半，收到卢先生来的微信，说："我已经回到病房，只半身麻醉，自我感觉很好，手术非常成功，你们收心吧！"

4日28日下午6时正，我们进入医院"1206"病房，卢先生给我们讲了动手术的情况及后续治疗，讲得有条有理、清晰明确。从他满脸自信里、那隐约露出得意的神情中，我感受到了罗医生给我丈夫做的手术，确实非常成功！

每天下午 6 时，我们准时到医院探望卢先生，见他精神一天比一天好，脸上的肉一天比一天多，行走时也不用助行器了，但和我们交谈中，不时露出急切的心情：恨不得动完手术几天之后，解决身体上所有问题，马上康复。

罗医生在巡视病房、查诊卢先生康复的情况时，发现了他的急躁情绪，而这种情绪将影响他康复的进程，罗医生耐心地给他排解。罗医生对卢先生说："就像煲老火汤，要细火慢煲，汤才会好喝又补身。手术后康复的过程，就如煲老火汤一样，急不得！"

卢先生听进去了，由于心情平静，往后的几天康复得更快了。卢先生由入院到出院，短短 13 天的时间，已判若两人。

罗克强医生不仅医治病人的身，还医治病人的心，使病人达至身心健康。

我们一来到圣保禄医院，就感受到医护人员的关爱！

大门外，负责调度车辆进出的人员，见我挂着拐扙，总会关心地说："小心，慢慢行！"有时，见我落车的地方离探视病人的入口远，他（她）们会让我在较近的入口进去，负责量体温的人员，会拿着"红外线探热器"过来给我探热、喷酒精搓手；有时，会问我是否要坐轮椅，见我谢绝了，又会提醒我："慢慢行，小心跌倒。"

乘升降机上到 12 楼病房，医护人员见我没有人陪同，放下手中的工作跑过来，帮我开关沉重的玻璃门，还有"1206"的房门。他（她）们对探访者都这么体贴，对待病人，除了以纯熟的专业护理外，更是倍加关怀。病人在这种充满爱心的环境中治疗病症，必然会康复得快！

丈夫已基本康复。出院后，我们的生活逐渐恢复正常，贤栋仍是每天早上 6 时起床，到平台花园做体操等活动半小时，回来上网看新闻，吃完早餐休息一会儿，然后去私人会所游泳；午饭、晚餐又由他去快餐店外卖……这样过了几个月的安稳日子。

不幸，贤栋的肠胃又出现了问题。这次，我俩接受了教训，不再强忍了，立即去医院看病。

2020 年 8 月 24 日，女儿卢刚和我陪同卢先生又去圣保禄医院求医。为卢先生看病的是驻院顾问医生吴瑞璋医生，经细心察视、检查，他看到卢先生那痛苦焦急的表情，便轻柔地拍着卢先生的肩，像哄小孩似的，温和地说："老先生别着急，很快办好手续，让您住院安心治疗。"

住院后，吴瑞璋医生又请来驻院顾问医生吴永剑医生，一起研讨病情，又做了多项检测。经两位医生严谨精心的诊断，很快找到病因，并决定了治疗的方法。卢先生在俩位医生和"1808 病房"医护人员，充满爱心的诊治和护理下，病情得以控制并有所好转。

<5>
因应治疗的需要，卢先生转到了养和医院。

每次我来医院探视丈夫，迈出"的士"，就有医院的工作人员推着轮椅等候我，每次我都会感激地说："谢谢，我不用坐轮椅，自己能走，真的非常感谢！"

工作人员就会说："那要小心，自己走别跌倒……"

我没坐上那位先生推来的轮椅，听他的语气，好像有些歉意，总会推着轮椅走在我旁边，护送我走进大堂。

最近一次，正下大雨，医院大门外，人们上落车的地方，虽淋不到雨水，但地面还是较湿滑，我仍感激地拒坐工作人员推来的轮椅。我听到推着空轮椅护送我进大堂的先生不断地提醒我："婆婆小心，路滑……"要上台阶了，他放下轮椅，扶我上台阶……

我觉得，由于自己的理念和执着，无形中给他们的工作增加了压力，内心很过意不去，便在大堂门外停下来，望注面前这位高大威武的工作人员，微带歉意地说："我知道坐轮椅很舒服、很安逸，但我怕这种感觉留在记忆里，会减弱坚持自己行走的决心，所以我才一再拒绝了你们的盛意，坚持不坐轮椅，很对不起，给你们的工作增加了麻烦！"

那位高大威武的先生笑笑，谅解地说："不麻烦，不麻烦，这是我们应该做的！"

大堂里的工作人员，将我送到乘电梯的地方，待电梯门打开，按了我要去的25 楼，离开时还叮咛道："小心，慢慢行！"

我来到25 楼，病房玻璃大门外，正对玻璃大门的医护人员的工作台，有人见我站在门外，便放下正在处理的事务，走来拉开沉重的门让我进去。

探访者登记时，我除了写上自己的姓名，其他五、六条问题我都看不清楚，须请医护人员帮助念给我听，每次她（他）们都不厌其烦地念给我听；探访结束离开时，她（他）们都会体谅地说："婆婆签个名就行了，其他的我来写……"然后帮我推开沉重的玻璃门，送我到电梯旁，待电梯门打开，按了去地下的G，离开时还叮咛道："慢慢行，小心跌倒！"

　　游子觉医生，是卢先生的主诊医生。游医生不仅是位拥有崇尚医德、专业医术高超的医生，对待病人更是关怀备致、观察入微。

　　卢先生住院几天后，游医生发现他瘦了，一量体重真的掉了几公斤肉，游医生提醒家人要注意病人的营养，我们即刻给卢先生进食有关的营养素。慢慢体重增加了，脸上也有血色了。不久，游医生告诉我们，说卢先生血中缺钾，建议给卢先生吃苹果、香蕉等水果。最近又给卢先生增加了糖的点滴，以纾缓肾脏上的问题等等。

　　每次游医生到病房巡视时，总是温文尔雅地问卢先生："怎么样？有什么不舒服？"

　　卢先生就会向游医生说出，身体里各种感觉。身为家人，我看到自己的亲人，能这么尽情地向医生倾吐苦水，我认为是卢先生对游医生最大的信任。而这种信任，增加了卢先生战胜病症的决心；也是游子觉医生，满怀爱心医治病人的印证！

15. 感受

在商业社会，人们的价值观中，有一把普遍认同的尺子——金钱。更邪门的是：竟会出现"有钱能使鬼推磨"的歪理。

但是，最近我和女儿卢刚陪同卢先生看病，辗转在政府医院、私家医院，两个不同的医疗系统之中，我和女儿深深感受到：不能用金钱来衡量的人与人之间的情。

这种不能用金钱来衡量的人与人之间的情，蕴含着人世间的大爱！这人世间的大爱，把医护人员、病人、病人的家人三个不同身份的人心，凝结在一起，为了一个目标——驱除病症，救治病人！

<1>

卢先生在圣保禄医院住院期间，吴永钊医生是卢先生的主诊医生。吴医生临床经验丰富，虽然才三十出头，对待病人及病人的家人，是那么沉稳亲善。每次巡视病房看完卢先生，都会详细告诉我们，如病人出现新的情况，须采取新的措施治疗，吴医生总是耐心地给我们讲解，询问我们的意见。虽然我们是外行不懂医术，但通过吴医生深入浅出的说明，使我们了解亲人身上出现的新的问题，深信按吴医生提出的方法检测或治疗，一定没错，进一步增加了我们对驱除病症的信心！

随着卢先生的病情的转变，吴永钊医生和我们商量，须请这方面的专家诊治，吴医生不但替我们想好了方案，还帮我们请来专家：游子觉医生。经游医生精心诊治一段时间后，病情得以控制，并朝好的方向进展。其后，吴医生又接手，进行另一阶段的治疗。

由于吴永钊医生这种充满人世间大爱的责任心，为病症的医治，争取了宝贵的时间。

我们从心里，由衷地感谢、感激吴永钊医生！由衷地感谢、感激游子觉医生！

<2>

有一句俗语：不怕一万，就怕万一。

因卢先生是年近九十高龄的长者，准备为卢先生做关键性的手术前，我感觉到吴医生和我们一样，内心非常紧张，吴永钊医生要做到，不仅是防止"万一"，而是要"万无一失"。

吴医生有条不紊地对卢先生的身体各部位，进行精细的检测，哪个部位发现了问题，就请这方面的专家共同解决。吴永钊医生和各方专家：罗克强、张志扬、李嫣然等医生，为期一个多月的努力，终于清除了手术中有可能出现的危险因素。

吴永钊医生煞费苦心，请来了他的老师——资深外科专科医生钟志超医生。知道由钟志超医生、吴永钊医生、麻醉科梁志豪医生为卢先生做手术，我们心里踏实了！

手术前一天，梁志豪医生打电话给我的孩子：卢刚，告诉她"手术做完后，卢先生出手术室送去深切治疗部，脸部、身体上可能会插着各类管子，也可能麻醉药还没完全消退会闭着眼，你们看见了不要害怕、不要惊慌，这是病人刚出手术室的正常现象……"女儿又将梁医生的这段话告诉了我。

梁志豪医生想得真周到，对梁医生细心善良的话语，我们既感激又感动！

<3>

2020 年 12 月 3 日上午约 8 时，卢先生进入手术室。

女儿不让我去医院，要我在家等她的电话，手术做好了，她会即刻告诉我。我坐在电话机傍的电脑前，为了打发时间，上网看新闻。眼睛盯着电脑，思想却飞去了医院的手术室，脑子里不断出现躺在手术台上的丈夫，出现丈夫的各种影像……想着、想着，情不自禁地哭叫起来，如果丈夫真离我而去，我将怎样度过余生？不，不能这样想，一定要控制自己的情绪，理智面对目前的危难，吴永钊医生已在手术前做足准备工作，我知道：吴医生是要做到"万无一失"，我应该对吴永钊医生、钟志超医生、梁志豪医生有信心。

不要胡思乱想了，我关了电脑，给女儿打电话说："我现在去医院，到医院手术室门外等。"女儿说不能在手术室门外等，要我去深切治疗部和她会合，一起等她父亲来深切治疗部。

我和女儿在深切治疗部给探访病人者等候的地方，坐在一张离进出入的大门最近的梳化上。我不想说话，觉着一出声眼泪就会流出来，故默默紧闭双眼，女儿却一直在讲电话，一个接着一个。开始，女儿的手机一响，我就紧张地问："有什么消息？"

女儿说是公司的，正在开电话会议。

自我安慰地想：手术室那边没有消息就是好消息。我起身坐到离女儿远一些的梳化上，免得听到手机铃响心烦。大概又过了 30 多分钟，女儿跑过来，欣喜地说：

"吴医生刚来电话，告诉我手术做完了，一切顺利，要我们安心在深切治疗部等候。"

我激动得一时说不出话，女儿看到我的神情，惊恐地连声呼叫："妈妈！妈妈！"

我醒悟过来，自语地："活过来了，你爸活过来了……"

中午大约 1 时，我们看到了躺着卢先生的病床，推进了深切治疗部的大门，女儿跑过去，带着哭泣的沙哑声叫道："爸爸……"

我跟在后面，看到丈夫脸上没有插什么管子，不似垂危的病人；丈夫望着女儿的大眼，闪烁着生命的火花！我在心里呼喊着："丈夫活过来了，我的丈夫活过来了……"

医护人员将卢先生推进了病房，因有很多细致的安置工作，暂时不让家人进去。这时我才觉着饿了，女儿一定有同感，她看了一眼手表："下午 2 点了，让家务助理到附近的快餐店买过来吃吧。"

我津津有味地吃着鸡扒蔬菜沙拉，女儿看我那狼吞虎咽的吃相，提醒我："别哽着，慢慢吃。"

我停下来，吐了口气，说："这快餐是近几个月来，吃得最香的一餐！"

女儿也赞同地说："我的三文治也很好吃啊！"

其实，女儿是最不爱吃这些食物的，但自从她爸生病以来，她很少吃顿安稳的饭：每天要上班处理公司的事务；要关心家里两个正在上学的孩子；去医院照看她爸，和医生商讨有关她爸治疗的各种事情；为我的日常生活操心……

对父母抚育、疼爱子女的苦心，民间有一句话："可怜天下父母心"；现在应该再加上一句："可怜天下孝女心！"

我们仍在等待，不知何时能进入病房看望卢先生。

吴永钊医生来了，和我们讲解手术后的延续治疗等事情。可我心里一直翻腾着："丈夫终于活过来了，得感谢治疗卢先生的所有医护人员。"听到女儿说"感谢吴医生"，我脱口而说出心里话："感谢钟志超医生、吴永钊医生、梁志豪医生、游子觉医生、治疗卢先生的所有医护人员，感谢……"

吴永钊医生谦和地说："是我们应该做的。"

我清晰地一个字一个字地说："你们做到了'万无一失'！"一直在眼里滚动的泪水流出了眼窝……

<4>

2020 年 12 月 4 日中午 1 时，我接到圣保禄医院深切治疗部林护士（男士）的电话，告诉我卢先生将转回"1808"病房，我谢谢他告诉我们这个好消息。

深切治疗部的医护人员，对卢先生肯定护理得很好，只观察了一天，更说明手术做得非常成功！

卢先生在"1808"病房，依吴永钊医生制订的康复计划，有条不紊地进行。

物理治疗科的林先生、陈先生等，每天都会来给卢先生治疗。今天陈先生来了，让卢先生用助行器行走，他在一边护卫，我跟在后面助阵，当我们路经护士站时，工作人员看到卢先生吃力地坚持行走的刚毅神情，不约而同地拍掌呼喊着："卢先生加油！"眼见此情此景，觉着自己不是在医院，是在另一个温馨的特殊的家里！

卢先生的病持续一段时间了，在圣保禄医院住院治疗。确切地说，这治疗是：卢先生的主诊医生吴永钊医生，汇同各方专家和病人卢先生一起，与病魔的一场生死搏斗！

吴永钊医生是这场生死搏斗的主帅，卢先生是这场生死搏斗冲锋上阵的战士。主帅不但制出精确的战略战术，而且对战士刚柔并用鼓励其斗志。最终稳、准、狠地歼灭了病魔，取得了这场生死搏斗的胜利：卢先生活下来了，卢先生康复出院了！

我是卢先生的家人，衷心感谢这场生死搏斗的主帅：吴永钊医生！

我是卢先生的太太，还要感谢这场生死搏斗冲锋上阵的战士：我的丈夫卢先生。正如孙女晓芝、孙儿家铭，赠给公公的圣诞慰问卡中说的："你奋斗的意志如勇士百折不挠，那顽强的求生欲鼓舞着我们！"

现在我们明白了：中国的香港——这个国际金融中心，为什么能成为人民的平均寿命全世界最长的城市！

16. 成长

<1>

我的第二个孙女天方，从小自理能力强，但是从未照顾过他人，更别说老人了，她今年虽然已23岁，我们仍把她当小孩。

香港中文大学不对研究生提供住宿，由港岛太古城到中文大学，来回路上要几个小时，不仅劳累又浪费时间，晚上回家也不安全，只得咬咬牙，在学校附近与同学合租了宿舍。每次回家返宿舍时，水果、小食大包小包一大袋，还要反复叮咛："多吃、多睡，外出戴口罩，各方面都要注意安全。"

4月11日，天方回到家，得知公公不舒服，我行动又不太灵活，便自告奋勇要帮我照顾公公。孙女说："现在都是网上授课，住哪儿都一样，我回来住，可以帮婆婆分担一点家务。"

我同意了孙女回家住，孩子帮我干活怎只"一点"，是很多：到超市买日用品，快餐店买饭，打扫卫生等；晚上睡觉还很警觉，听到一点响动，就会起身来我房间轻柔地问："婆婆，没事吧？"

贤栋刚做完手术。下午6时，我和孙女去医院探视，进入病房，女儿已坐在她父亲床边，父女俩在说着什么，见我们来了，立即让位给我坐……不久医院给病人送来晚餐，女儿打开饭菜的盖：一碗热呼呼的粥、一碟香喷喷的炒菜。我拿起一双筷子递给贤栋，可能麻醉药还没完全消退，他伸出颤颤悠悠的手接筷子……

孙女和女儿看见了，孙女用小勺舀了半勺粥，说："我喂公公吃……"

我以为贤栋会拒绝，他却张开了嘴……

女儿见父亲吞下了粥，便夹起一小块鸡蛋送进父亲口里……

我在一旁看着：孙女用勺喂公公喝粥、女儿用筷子喂父亲吃菜。眼前这景象……我内心涌出一股特殊的情感——丈夫在年近90高龄之际，能尝到孙女喂的粥、女儿喂的菜，应该是人世间最完美的享受！

天方成长了！

<2>

COVID-19全球大流行，香港疫情严峻，学校改为：学生在家接受老师网上授课。晓芝在客厅、家铭在自己的小房间，网上上课互不打扰。不过，各自在学习上遇到问题，又会相互帮助。

家铭可说是家里的电脑能手，家人的手机、电脑出现故障，都由他来排除解决。有一次，晓芝正在上课，电脑突然一片白光停止工作，她着急地大声叫家铭来检查！

细佬即刻跑过来，沉着地说："唔使急，你用我的电脑上课先！"家姐听话地走了。

家铭坐在电脑前，在键盘上左按右按，这里点一下，那里晃一晃，一会儿就搞定了。

家铭学习上遇到问题，晓芝会想方设法帮细佬解答。有时，她怕自己没说清楚或不够准确，她会翻箱倒柜找出以前的学习笔记，和弟弟一起研讨，问题解决了，姐弟俩高兴得就会又唱又跳；兴起，两人还会连手弹钢琴。

每天下午，老师网上授课结束，姐弟俩就到屋苑楼下的海边，一起做运动，打打闹闹、说说笑笑，不知多开心。

他们的父母说："学校改为网上授课，两人在家学习，进一步加深了姐弟之间的亲情！"

2020 年 7 月 3 日，卢刚接到晓芝的击剑教练董 Sir 的电话。董 Sir 说："TVB 拍摄电视剧《七公主》，剧中一位女主角有击剑的戏，她不会击剑，要找替身，我给电视剧的剑术指导 Patrick 胡，推荐厉晓芝做替身，晓芝虽然答应了，还是问问你较为合适……"

卢刚犹豫了一下，随即说："同意晓芝的决定，在疫情这么严峻的时候，TVB 还拍摄新电视剧，应该支持！"

女儿来电话告诉我，说晓芝将为 TVB 的电视剧《七公主》中的一位女主角击剑做替身。我有点不满地说："现在疫情严峻，还让孩子去拍摄电视剧的现场，太危险了！"

卢刚有点委屈地说："开始也不想让孩子去，因为拍摄现场人一定多，担心孩子感染病毒，是较危险；另外，晓芝学校正进行考试，今天上午刚考完一门功课，星期六、下星期一还要继续考，也怕影响她考试成绩。但扪心自问：参加拍摄的艺员也是父母的孩子，有的可能是孩子的父母，我不让自己的孩子去，确实不合情理，所以同意了晓芝去。"

听女儿这么一说，我也觉得自己有点自私，便笑着说："既然答应了，就一定得去！也好，长点见识……"又自我安慰地，"晓芝身体好，抗疫力强，不会出问题。"

　　女儿告诉我，剑峰会陪孩子去，我又叮咛父女俩要带够消毒用品，在拍摄现场盯紧些，剑峰不能让孩子离开自己的视线！

　　剑，是一种尖顶、双边开锋、可用来刺击和砍杀的武器。击剑，又称剑击。分三种类别：花剑（Foil）、重剑（Epee）、佩剑（Saber/Sabre）。

　　击剑这项运动，由古代决斗而发展起来，起源于欧洲。1896 年夏季奥林匹克运动会，击剑成为正式项目，当时只列入男子花剑和佩剑。1900 年夏季奥运会，加入了男子重剑项目。1924 年巴黎奥运会，女子花剑列入比赛项目。2004 年，女子重剑、女子佩剑都已成为奥林匹克运动会的比赛项目。

　　香港于 1949 年成立"香港业余击剑总会"（Hong Kong Fencing Association）。香港击剑运动，80 年代开始积极推广，几十年间，普及的程度和范围使人惊喜。从幼儿园到中学，都有击剑运动队参加各种击剑比赛，更有击剑运动员在世界击剑锦标赛中取得佳绩。香港的剑手不负众望，终于迈上世锦赛颁奖台，是击剑运动界的光荣，是香港人的骄傲！

　　晓芝在小学三年级，参加了"南华体育总会"青少年击剑训练班，一直到现在，教练也一直是董 Sir。8 年来，晓芝跟随董 Sir 学习击剑类别中的重剑。

　　重剑（Epee），又称"锐剑"，由剑柄、剑身和护手盘组成，全长不超过 110 厘米，重量不超过 770 克，剑身为钢。运动员在比赛中，只能刺、不能打，得分范围是全身。

　　8 年的时日不算短，董 Sir 看着晓芝由孩童、少女成长为青年。晓芝现在身高已到 1.7 米，体魄健壮，四肢修长、强劲有力，有练击剑的素质。

　　我对击剑运动可说一窍不通，自从孙女参加了击剑训练班，才逐渐关注这项运动，留意媒体对击剑运动各种活动的报道，特别是电视转播的比赛。

　　我在观赏中，看到运动员向前进攻时，刺出的每一剑，是那么强劲有力；防守后退时，收回的每一剑，又是那么柔和适中；再配合双脚向前迈、往后撤、左右移动等动作，全身是那么协调优雅。我感受到动作中的节奏和韵律：既有舞蹈的节奏又不同于舞蹈，既有音乐的韵律又没有音乐，这是击剑运动特有的蕴含着艺术的美！

　　我是外行，是外行观赏击剑运动的直感，见笑！

2020 年 7 月 4 日，卢刚收到 TVB 正在拍摄的电视剧《七公主》的统筹 Candy 的微信："您好！我系 TVB《七公主》的统筹 Candy。系 Patrick Sir 俾你个联络我的，佢揾咗你女儿帮忙，替我哋唔识打剑的演员拍摄击剑戏份。今个星期六（4/7）会进行拍摄。请问可否在 23 时 30 分到新蒲岗剑社 STARNDY？"

晓芝在学校考试完，回到家。吃饭时，卢刚告诉女儿《七公主》统筹 Candy 发来的微信。

剑峰首先表态，说："既然答应了去帮忙，就一定要去！晚上 11 时半这么晚，晓芝自己一人去大家都不放心，我陪孩子去吧。"

家铭热情地说："我也可以陪家姐去！"

卢刚不容反驳地说："不行！多一人去，多一分感染的风险，由你爸陪晓芝去，就这么定了，专心吃饭！"

晓芝面对摄影镜头，这不是第一次。

2005 年，我接受 TVB 访问，记者也到卢刚家里进行了拍摄。当时家铭还在卢刚怀里吃奶，晓芝特别兴奋，在客厅跑来跑去，还送糖果给工作人员吃。

2011 年，我与贤栋及卢刚全家去宁波，参加宁波市举办的卢绪章老先生诞辰 100 周年纪念活动，媒体访问我们时，卢刚全家都在场，当时我说："我们祖孙三代都来了。"晓芝和家铭即刻说出学会的第一句宁波话："阿拉宁波人！"

2016 年，在杭州举办我的新书《人间有情》发布会时，剑峰和卢刚带着两个孩子也去了，晓芝又一次面对了媒体的摄影镜头。

这次有所不同的是要演戏——做替身击剑，虽然戴着面罩，观众看不见脸，也没有对白，但毕竟是剧中一位主角击剑的替身。我相信孙女能做好替身，完成角色击剑这段戏。

7 日 4 日（星期六）晚上 11 时半，剑峰陪着女儿准时抵达新蒲岗剑社。现场已经开始拍摄了，一位负责人给了晓芝一套服装，裤子太小，只得穿自己的裤。

剑术指导 Patrick 胡，告诉晓芝须做的动作，指点应怎么做，帮她反复练习。在拍摄时，有一个动作重拍了好多次，胡 Sir 对动作的准确度要求很严，定要做到剑剑到点、步步到位。

导演怕晓芝太累，问她要不要休息，晓芝精神饱满、容光焕发地说："不累，还可以做得更好一些！"导演对晓芝赞赏地笑笑。

中途休息时，剑峰给女儿和剧中演员一起拍了照，交换了联络方式。大家一直工作到第二天清晨，父女俩到家时，已是早上5时了。

7月5日（星期日），下午约4时，我打电话给卢刚，询问晓芝的身体状况，有没有不舒服。女儿明确地回答说："没有，只是睡觉的时间还没倒过来。您等等，我去看看她醒来没有……"

电话里传来孙女甜甜的声音："婆婆，我没事，您放心吧！就是睡眠不够……"

我笑着说："那别起来，睡个够！"

"不行，明天还要考试！"孙女懂事地说

"你从来都不'临时抱佛脚'去对付考试，怎么……"

晓芝没等我说完就解释说："我是用复习功课来收收心。"

我又笑着说："怎么，演了一次替身心就散了？"

"不是……"晓芝若有所思地。

"那是什么？"我急切地问。

"拍摄现场，我看到艺员演戏，一次又一次地重拍，我的替身角色，只是几个击剑动作，重拍几次我都觉得辛苦，她们那么多戏，该多累啊！回家后，我不停地在想：做艺员，原来不只是说说笑笑、打打闹闹那么轻松简单……"孙女心事重重地。

"是啊，做艺员与做其他的工作一样，要做好就得有付出，勤奋努力、不怕苦不怕累。演艺界有句名言：台上一分钟台下十年功！你明白我讲的吗？"其实，这也是我自己多年从事演艺工作的体会。

"台上一分钟台下十年功！"晓芝重复着，接下来说，"就像我学击剑，跟随董Sir学了8年多，才可以去做演员击剑戏的替身，那段戏播出来，可能还不到一分钟。"晓芝若有领悟地说。

"孙女说得对，就是这个意思！"我认真地肯定道。

"婆婆，现在我明白了，没有不辛苦的工作，做什么都要勤奋、努力做！"晓芝认真、坚定地说。

孙女用自己的经历，深入浅出地解说了一句蕴含哲理的名言：台上一分钟台下十年功！

晓芝长大了。

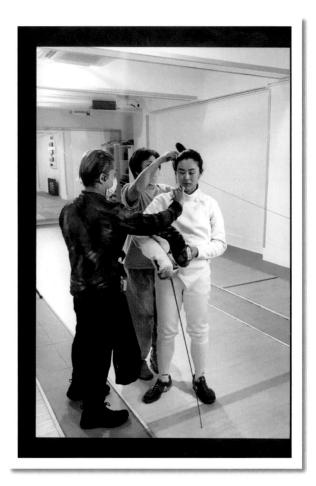

无线电视台电视剧《七公主》，请厉晓芝为需击剑的演员做击剑表演的替身。
化妆师正在为晓芝化妆。

晓芝的试妆镜头。

摄制组在拍摄中。

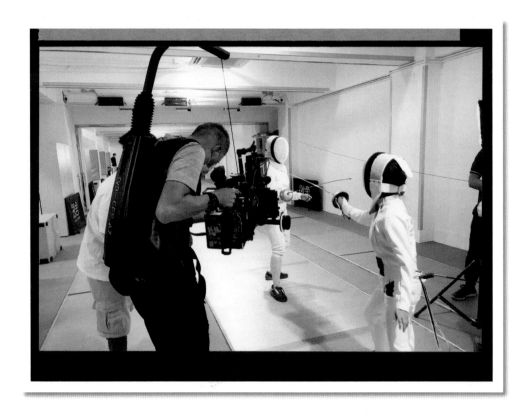

正在拍摄晓芝与对手击剑，摄像机左边的是晓芝。

正在拍摄晓芝与对手击剑，背对镜头的是晓芝。

晓芝与导演看拍摄的样片。

晓芝（左）与演员交谈。

晓芝（左一）与《七公主》
剧组的演员。

晓芝和家铭上幼儿园期间，他们的父母在节假日，会带姐弟俩去参加中央图书馆举办的儿童组的活动，有义工姐姐、哥哥，还有老师义工带领孩子们学习或玩耍。学习时，每到老师提问，晓芝总是第一个举手，老师见她举手次数太多，有时会幽默地说："这次，给其他小朋友回答，好吗？"晓芝总会随和地点点头"嘻嘻"地笑笑。

晓芝在幼儿园毕业了，卢刚给孩子报读港大同学会小学，听她说参加面试的小朋友不少，晓芝对面试的老师提出的各种问题，总是第一个举手抢着回答，就跟在中央图书馆参加活动一样，一点也不紧张。报考的孩子很多，竞争激烈，所幸晓芝考上了。后来弟弟家铭，也考进了港大同学会小学。姐弟俩小学毕业，都直接升读港大同学会书院，读初中、高中。

我和贤栋在电视里，每当看到家长们，为孩子升学找学校、等派位的焦急情景，我们就会情不自禁地夸赞卢刚、剑峰的高明决策：报读了港大同学会的学校。

港大同学会书院，每学年给年级前 6 名学生，都会发奖学金。晓芝从初中到高中，大部分学年都获得奖学金。今年晓芝高中毕业，取得全年级第 4 名。书院于 2021 年 7 月 12 日举行了毕业典礼，校长 Chen Hing Corina（Ms）给厉晓芝颁发了奖状和奖金。

晓芝在等中学文凭试（DSE）发榜的这段时间，由学校老师推荐，帮助小同学补习功课，后又去一家财务公司的市场推广部当实习生，为以后进入社会打下了好的基础。

2021 年 7 月 21 日中学文凭试发榜，卢刚陪晓芝到学校看考试的成绩。晓芝有五科是：5 星星（Five 星星），一科是：5 星（Five 星）。可以说成绩不错，在香港上大学应该没问题。

晓芝成长了，将迈上人生的新历程！

晓芝高中毕业，取得全年级第四名，港大同学会书院的校长 Chen
Hing Corina (ms) 在 2021 年 7 月 12 日举行的书院毕业典礼上，
给厉晓芝颁发奖状和奖金。

父亲厉剑峰、母亲卢刚、弟弟家铭陪晓芝参加毕业典礼，弟弟给家姐献上
鲜花，祝贺家姐得奖。

父亲厉剑峰、母亲卢刚、弟弟家铭陪晓芝参加毕业典礼，弟弟给家姐献上鲜花，祝贺家姐得奖。

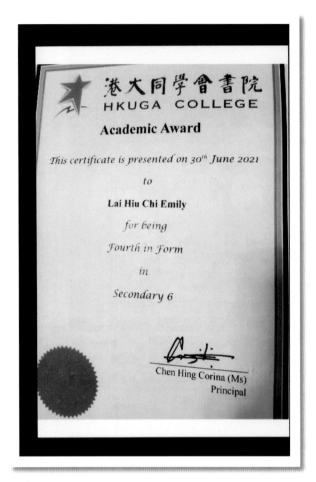

晓芝的毕业证书。

全家在书院大门前合影留念。

<3>

去年，贤栋已教会我用"蒙恬电纸笔"在电脑上写文章，在使用操作中，间常会出现一些小问题或故障，贤栋都会帮我解决。前段时间，贤栋住医院治病，我使用"蒙恬电纸笔"又出了问题，不能写，停止工作了。

我想自己解决，用鼠标在电脑上左点右点，不知点到什么，"蒙恬电纸笔"突然从屏幕上消失了、飞走了。后悔自作聪明，只得给在医院的丈夫打电话，向他求助，贤栋用电话指挥我操作，可能我太笨，还是搞不好，又怕影响他休息，便故作轻松地说："算了，等你出院后再说……"我隐约听到他嘘了口气，幸好实时打住，一定把有病的丈夫累坏了。

一个多月没用"蒙恬电纸笔"了，实在忍不住，一个星期六的晚上，我打电话要女儿卢刚来家，帮我解决电纸笔从电脑里"飞走了"的问题。

女儿听到我的话，笑着说："还不如要家铭帮手。"

我也笑着说："我知道，解决电脑上的问题，家铭是最合适的人，我怕影响孩子的学习，没敢找他。"

女儿说："没关系，明天星期日，家铭下午上完补习课，让他去您家整电脑。"

星期日下午约4时半，家铭来了，打开电脑，我看着他手指在键盘上，左右上下来回"舞动"，一会儿，从屏幕上消失了的"蒙恬电纸笔"又飞回来了！我高兴得连声说："谢谢孙儿，谢谢家铭！"

《散文集》的下篇写完后，我又请家铭帮我，把电脑里的文章录在记忆卡上，以便复印。待他完成后，我又要他帮我，把另一个记忆卡里的文章——上篇，放进电脑里，我好进行修改，家铭很快都帮我搞定了。

这本《散文集》能顺利写完，首先要感谢的，当然是家铭！

贤栋病愈，于3月5日上午出院，回家后的第一件事：检测他的电脑。看他沉重的表情，我知道电脑一定出现了不少问题，我有点歉意地说："除了用电纸笔写文章或上网看新闻，其他都没动过。"

丈夫听出我自责的语气，立马露出一丝谅解的笑意，说："没事，没事，可能很长时间没用了，慢慢能调整好。"

我小心翼翼地试探着问："要不让家铭来看看电脑？"

贤栋高兴地说："好好，这个主意好，你不是说，孙儿来了很快就帮你解决了问题。我现在就给小刚发微信，要她约家铭来家，帮忙整电脑。"

星期日上午，家铭还是上完补习课后，来家帮公公整电脑。不到 10 分钟就排除了贤栋发现的问题：将邮箱堆满的垃圾清除、找回来以前设置的内容、重新启动网上购物的步骤等等功能。

我们的小孙儿家铭，2021 年初，参加了学友社举办的全港新闻"新闻评述比赛"，组别是"中学英文组"，题目为：《香港创新科技》。

我请卢刚，将家铭的英文文章译成中文。我把中文稿用心阅读了好几遍，获益不少，有些是我从未接触过的专业知识。

家铭参考世界各地有关创新科技的各项数据，阐述香港创新科技的状况；提出影响香港创新科技发展的问题；进而，真诚地道出自己对香港创新科技发展的看法和具体建议。

家铭写的《香港创新科技》的文章，获得了第二名。透过文章，我感受到这位 16 岁少年的理想、胸怀和价值观。孩子长大了，孩子成熟了！

读者如对厉家铭的文章有兴趣，可上学友社网站查阅。

17. 人定胜天

<1>

2020 年 7 月 23 日，卢刚收到"光大国际"的同事熊建平发给她的照片和短信。熊建平告诉卢刚，说他已回到苏州片区，任总经理。短信中说："一眨眼九年了！九年前，您带着我杀入宁波，撕开了一个口子，淌出了一片天地……九年来，您一路的支持和鼓励，就像在昨天，谢谢您！"

看过《朝阳——我的环保情缘》及《人间有情》两本书的读者，对卢刚不会陌生，她是卢绪章老先生的孙女、宁波帮的第三代。卢刚怀着对长辈的敬爱、对家乡的深爱、对事业的热爱，和"光大国际"环保人一起，投入到宁波人民建设美丽宁波的行列。

宁波市北仑区人民政府，为了在白峰镇筹建环保项目，于 2012 年 4 月 28 日，举行公开招标选商，以"公开、公正、公平"的原则，在多间公司激烈竞争下，"光大国际"成功夺标，确定"光大国际"以 BOT（建设—运营—移交）方式，投资建设北仑生活垃圾焚烧发电环保项目。熊建平是该项目的总经理，罗国鹏是项目工程总指挥。

宁波北仑花园式垃圾焚烧发电厂，于 2014 年元月 21 日工程建设顺利完成，生产营运正式开始。

现在人们去到宁波北仑及白峰镇，会看到一个新的工业旅游风景点，这就是宁波人民和"光大国际"打造的金色品牌：北仑区花园式垃圾焚烧发电厂——东海国际航道上的新地标！

"光大国际"环保人，克服了投标准备时间短等不利因素，成功取得宁波北仑环保项目，和宁波人民一起打造出金色品牌。在与时间赛跑、实力的较量中，绽放出"光大国际"的领导及团队团结一致、齐心协力，敢想敢干、苦干实干的拼搏精神！

<2>

杭州以风景秀丽著称，素有"上有天堂下有苏杭"的美誉。市内人文古迹甚多，西湖及其周边有大量的自然及人文景观、遗迹。杭州西湖于 2011 年 6 月 24 日，正式被列入了"世界文化遗产名录"。

人们在享受经济快速发展、科技成果日新月异的同时，付出了惨痛的代价：人类赖以生存的地球被病毒侵蚀、自然生态被无情破坏；拥有世界珍贵遗产的杭州，也不能幸免！

杭州市政府眼见城市的污染一天胜一天，垃圾围城的警号终已响起，决心调动一切人力物力，想方设法清除垃圾、减少污染，确保杭州人民、全国人民、全世界人民永享西湖秀丽美景！

在杭州市政府及有关部门积极筹备下，"杭州九峰环境能源有限公司"成立。不久，环保项目筹建遇到阻滞。

余杭区政府就发生的问题公布通告，明确表示：九峰项目，在没有履行完法律程序和取得群众理解支持的情况下，不开工建设；九峰项目的前期工作中，将邀请当地群众全程参与，保证群众的知情权。

杭州市政府举行新闻发布会，对相关情况进行了通报。在新闻发布会上，杭州市常务副市长徐立毅，对九峰垃圾处理项目作了说明，他说："为此，市区两级政府组织了媒体、专家，开展了一系列具有专业性的解疑、释惑工作。"并承诺，"用国内最先进的设备、技术和工艺，确保达到欧盟 2000 排放标准。"

新闻发布会还宣布：杭州计划组织当地群众代表，到国内先进单位考察，现场感受并探讨实施过程中，一些实际问题的解决方法。

中国光大国际有限公司，在香港联合交易所有限公司主板上市。企业的诚信、务实的作风、高效的执行，取得了各地政府及合作伙伴的信任，十几年来建成了一批又一批的优质项目，创造了企业的金色品牌。

杭州市和余杭区委、区政府，决定组识专业人员、政府人员和群众代表，到"光大国际"已经运营的项目，如：苏州、南京、无锡、济南、宁波等垃圾焚烧发电项目参观、考察、调查研究。

杭州市市委、常委、余杭区区委书记徐文光，率领的党政四套班子组成的政府考察团，莅临光大环保能源（苏州）有限公司参观调研。

参观考察、调研后的座谈交流活动中，对项目的建设标准和工艺流程，表示了肯定和赞赏；对"光大国际"多年来，与地方政府保持着良好的合作关系，维护了与周边关系的和谐发展，切实履行了对政府和社会的各项承诺；认为"光大国际"是负责任的、值得信赖的大企业，并表达出："十分期待与'光大国际'这样的企业达成合作，拿出你们成功经验，为我们政府排忧解难！"

时任浙江省省委书记夏宝龙，在省委常委秘书长赵一德、省委常委时任宁波市委书记刘奇、时任宁波市常委及北仑区委书记陈利幸、副区长张国平等陪同下，莅临光大宁波公司视察。光大集团副总经理刘珺、时任光大宁波公司总经理熊建平等全程陪同视察，熊建平介绍了宁波项目的基本情况。

经过几个月的考察、调研、比选，经杭州市委、市政府研究，决定意向引进"光大国际"来负责投资、建设、运营、管理九峰环境能源项目。

经过为期一个多月的多轮商务谈判、商讨，于2014年10月7日，中国光大国际发展有限公司和杭州市有关单位正式签署BOT（建设一运行一移交）特许经营协议、合资协议和垃圾处理服务协议。

在各方机构坚强领导下，经杭州筹备组的努力、市发改委及市政府其他部门大力支持协调：2015年1月12日，光大环保能源（杭州）有限公司正式运作。熊建平为项目公司总经理，罗国鹏为项目工程指挥部总指挥。

杭州项目是目前国内单体投资规模最大的项目之一，也是"光大国际"和浙江省一次性建设规模最大的垃圾焚烧发电项目。"光大国际"和杭州市政府，从项目规划、设计、施工、运营等全过程，按照"国际一流国内领先"为总体目标。

杭州九峰垃圾焚烧发电厂，于2017年9月22日正式投运。杭州项目公司在"光大国际"和杭州市政府的坚强领导下，吸取光大12年的发展及工程建设等各方面的经验，借力借势，和杭州人民共同努力建造，使垃圾焚烧发电厂，完美地融合在周围生态环境中，成为宣传环保、工业旅游的基地，具有代表性的一个地标建筑——浙江省的一个亮点！

我在写《朝阳——我的环保情缘》一书时，着力写人，写环保人。而写讲述杭州九峰项目的"环保情"时，决定从杭州项目起步、筹建到建设，实实在在地记述。

在动笔写前，用心仔细阅读了有关资料；在深入调研、了解的过程中，我强烈地感受到：杭州人民、浙江省及杭州市各级政府、"光大国际"，这四股力量、四种不同身份的人心，是怎样一步一个脚印走到一起，汇成一股强劲洪流，融合为目标一致的一条心，创造出佳绩、奇观，将民生工程建成了民心工程！

<3>

中国自主独立研制的火星探测器"天问一号"，于 2020 年 7 月 23 日 12 时 41 分，在海南岛文昌航天发射场成功发射升空！

知道这个消息后，我和丈夫兴奋不已，竟像孩子一样相互击掌欢腾！八九十岁的老人都这么惊喜激动，六七十岁、四五十岁、二三十岁的年轻人知道这个喜讯后，会引爆出怎样的能量！

无可置疑，中国已进入一个全方位的太空大国，人民能够做到太空大国能够做到的所有事情，达至目标，实现理想。

中华人民共和国的香港特别行政区，目前遭受到天灾人祸的冲击。

我深信，有中央人民政府全力支持、14 亿同胞的强大后盾；在特区政府的领导下，全港七百万人民团结一致万众一心，发扬狮子山下的拼搏精神，定能走出困境：战胜疫症、排除来自各方人为的干扰，继续发挥国际金融中心的作用，为全世界的经济繁荣作出新的贡献！

18. 金牌

2021 年 7 月 26 日，在"2020 东京奥运"上，香港参加奥运的运动员张家朗，不惧艰险突破重重关卡，冲出了亚洲，勇夺世界奥运个人花剑金牌，是香港回归祖国后首面奥运金牌！

张家朗，这位 24 岁的年轻运动员，踏上奥运会颁奖台领奖，当中华人民共和国国歌响起，他左手拿花、右手捧着挂在胸前的金牌，默默唱着祖国国歌；闪烁激动泪花的眼睛，随着中国香港特别行政区区旗徐徐升起而移动，神情肃穆。14 亿同胞和七百万乡亲父老，与张家朗一起见证了这庄严神圣的历史时刻！

待心绪稍微平静，脑子里又闪出，江旻憓小妹妹纯真可爱的形象，小妹妹那句"对不住"的话，刺痛着我的心……

江旻憓，在女子个人花剑比赛八强止步后，对采访的记者呜咽着说："对不住，我应再勤力些练。"道出了没有取得奖牌的运动员的心里话，认为自己没有拿到奖牌，没能给香港争光，深感亏歉了为自己加油打气祝福的乡亲父老。

其实，我们在观赏运动员比赛时，既看到取得奖牌的运动员：为香港争光的拼搏精神；同时，也深深感受到：在赛场上一无所获的运动员，力争为香港争光的拼搏精神。对取得或没能取得奖牌的运动员，在我们心坎里都要说一句："谢谢！谢谢你们的艰辛付出，谢谢你们为香港绽放的正能量！"

江旻憓小妹妹，不是你说"对不住"，是我们应该说："谢谢你代表香港参加奥运，你由原来的世界排名 16 位，提升到第 8 位，衷心祝贺你！"

谢谢香港参加奥运的所有运动员、所有教练、所有工作人员，由衷地谢谢！

19. 纪实文学著作《人间有情》出版前后

<1>

我对《人间有情》一书封面设计的评述：杭州以风景秀丽著称，素享"上有天堂，下有苏杭"的美誉。而杭州西湖，于 2011 年 6 月 24 日，正式列入"世界文化遗产名录"。杭州西湖：代表了世人心中的美，代表了现实生活中的天堂。

在一个特定场合、特定地点种植树木，有着深层的意义：植树人，将自己对这片土地的情，通过树木在土壤生根发芽、开花结果，喻示情意长存。

《人间有情》一书，记述六件不同的事，从不同角度抒写人间的情。读者会看到，封面上的同一个画面里：有满山春色影照下的西湖"三塘印月"，有卢家三位欣喜地在种植桂花树。两个内容完全不同的画面，却共同烘托出《人间有情》的主题。

设计师"4res"，打破了"突出书名"的惯例，将书名"人间有情"，在西湖水的微波中若隐若现，与西湖水融汇成一体，随着微波飘逸。我理解了，设计师为什么用"行书"的书法了；种植的画面，含蓄地道出了情；多彩的色调，更是衬托出纯白的四个字"人间有情"的鲜亮，给人留下深刻印记，这就是视觉艺术！

从此书作者的主观看法，或是从读者的客观角度，我都认为《人间有情》一书的封面，整体构图思绪清晰、新颖，是具有创意的独特设计！

徐天侠、卢贤栋先生与出版社的林达昌先生谈关于出版《人间有情》一书
的事项。左起：卢贤栋、徐天侠、林达昌

徐天侠与《人间有情》的设计师、编辑交谈。

<2>

纪实文学著作《人间有情》，于 2016 年 8 月在香港出版发行。

2016 年 8 月 7 日，在浙江省杭州市，由"中国光大国际有限公司"和"杭州市环境集团有限公司"，举办了：徐天侠《人间有情》新书发布会。

与会嘉宾有：夏乐顺、芦俊、陶敏强、孙善春、倘佐文、任乐波、马义、熊建平、吴永新、陈克进及陈瑜女士的贺信（她因公务外访未能赴会）。

我向与会领导和嘉宾，汇报了自己的创作心得。其后，嘉宾对《人间有情》一书进行了研讨。

我汇报的具体内容：

首先，感谢"中国光大国际有限公司"和"杭州市环境集团有限公司"举办：徐天侠《人间有情》新书发布会，感谢与会各位领导和嘉宾！

现向各位汇报：我为什么写《人间有情》一书，我怎么写的。

第一，我和丈夫卢贤栋先生，都是年已古稀的长者，仍兴趣盎然地到各地旅游，去感受时代脉搏的跳动。因为在感受过程中，社会的正能量，能促使我们逐渐衰老的身体和心境，变得年轻、坚强，乐观地去面对自己可能会成为老弱病残的现实。

2015 年 3 月初，我和丈夫到肇庆旅游，旅程结束，准备回香港时，在肇庆出境大楼，发现行李箱没有从的士上拿下来。箱内除了有几万现金外，重要的是我丈夫治高血压的救命药在行李箱里。而丈夫认为，遗失行李箱是他的过错，看到他那自责的神情，我心如刀割。

肇庆边防检查站的官兵，及时帮我们找到行李，防止了我丈夫因自己的疏漏而内疚，引至犯病的险情。否则，我就会面临可能失去老伴的残酷现实……今天，我能和丈夫一起，高高兴兴来参加这个活动……每次想到这些，我总是抑止不住内心涌出的感激之情，庆幸自己遇到了人民的子弟兵！我要把内心的感受，和更多的人分享，我要重新提笔写书！

第二，《朝阳》一书完成后，我已经向丈夫和孩子们承诺，不再东奔西跑搜集资料，不再写书了，保证好好过日子，专心调理身体。当丈夫听了我又要写书的理由，表示全力支持，并负责去做孩子们的工作。

　　《朝阳》一书，我着力于写人。在动笔写这篇《环保情——"朝阳"续篇》前，我和丈夫仔细用心地阅读了有关资料。我们知道了杭州市政府，为确保杭州人民、全国人民、世界人民，永享西湖秀丽美景，决心调动一切人力、物力，想方设法清除垃圾、减少污染，建造垃圾焚烧发电厂。原是变废为宝、利国利民的好事，反倒出了"5·10事件"。

　　"5·10事件"发生后，杭州市和余杭区两级政府作了深刻总结，宣告：群众不理解不开工，项目不合法不开工。一方面，通过做群众工作，清除"未通过环评就秘密开工"的谣言；另一方面，组织群众到"光大国际"已建成的环保项目实地参观考察，逐渐消除对垃圾焚烧发电项目的疑虑，转变不正确的被"妖魔化"了的认识。"光大国际"在这种情势下，承接了建设杭州九峰垃圾焚烧发电厂的项目。

　　在深入调研了解的过程中，我们实实在在地感受到：杭州人民、浙江省政府、杭州市各级政府官员"光大国际"，这四股力量，四种不同身份的人心，是怎样一步一个脚印走到一起，汇成一股巨大洪流，融合为目标一致的一条心，创造出佳绩、奇观，将民生工程建成了民心工程！

　　我知道怎么写了。决定从项目起步、筹建、到建设，如实记述。通过如实记述九峰环保项目的实例，向全国各地正在推进的环保项目，提供一个借鉴。

　　第三，"师生情"、"文艺情"、"社会情"、"家乡情"，虽然记述的是不同领域的人和事，抒写的角度也各不相同，但与"军民情"、"环保情"一样，都有共同的内涵——人间的情！

　　第四，我在内地生活了近半个世纪，香港的30多年，经历了风风雨雨，品尝了悲欢离合，人生的历练使我感悟到：世界尽管风云变幻，社会矛盾重重，宇宙万物都在变，唯有人世间的情永恒。人之间相互关爱之情，洗涤污垢，清除毒素，洁净心灵，让世界变得美好！

　　我要把自己的人生感悟和人们分享。将自己及家人的亲身经历、耳闻目睹的真人真事写出来，从心而发，随心而写。

　　我怀着浓烈的感激之情，写完了纪实文学《人间有情》。

嘉宾夏乐顺先生的讲话：

各位先生、女士，下午好！

我受我们浙江省的老省长葛洪升的委托，前来参加这个会议，预祝这个分享会圆满成功！祝你们二老身体健康、万事如意！很高兴又一次见面了，上次是在宁波。今天喉咙不太好……谢谢！

任乐波先生的讲话：

各位下午好！

今天我是代表陈瑜局长，来参加徐女士的新书发布会，非常荣幸！陈瑜局长因带队前往里约保障奥运会，所以，她特意把我叫到她的办公室，特别交待要我来出席。陈瑜局长与卢总一家，已是很长时间的朋友了，见证了我们宁波很多项目，也见证了徐老师好多本书的出版。她亲自写了一封祝贺信，现在宣读陈瑜局长的贺信：

尊敬的卢贤栋先生、徐天侠女士：

您们好！

听闻徐天侠老师编著的《人间有情》新书发布会，即将在美丽的西子湖畔隆重举行，我怀着崇敬和喜悦的心情，专此送上诚挚的祝愿！自 2011 年，有幸与贵伉俪在香港相识以来，徐天侠女士博学多才、亲切优雅的气质，和卢贤栋先生厚德担当、和蔼可亲的风度，让我倍感亲切。我也曾多次拜读《徐天侠杂文集》、《我的路》等著作，从中领略二老的人生哲史和高深境界，感同身受，受益匪浅。因公务原因，我于 8 月 2 日至 12 日，在古巴、巴西等国访问，出席并观摩第 31 届奥运会，不能亲自赴杭出席《人间有情》新书发布会，特委托我局党委委员主任处长任乐波先生，代表我全程出席发布会及相关活动。我也将另行择期前往拜访祝贺。祝《人间有情》新书发布会圆满成功！祝愿您二老身体健康、万事如意！

宁波市体育局陈瑜敬上

　　我再耽误一下大家的时间。刚才讲到，这本书是一本纪实文学，读来非常轻松愉悦。读完以后，眼前的场景好像依然在眼前；你们在家里一些交谈的话，好像就在耳边，非常亲切。我觉得心里有很多话想说出来，我也模仿徐老师，用纪实的方式来汇报我这两天的心路历程。我们的陈局长非常慎重，一大早把我叫到办公室，交给我一份红红的请帖，我当时一看，还没有反应过来，说她因为没办法出席这个活动，让我代表她出席。她简短向我介绍了卢绪章老先生及宁波帮人士，跟我们宁波的很多渊源，帮宁波做了很多贡献。其实，卢老的故事我小时候就听过，也听说过宁波帮、帮宁波，有这么一个非常深的情意在。8月1日我在"百度"上，看到《人间有情》这四个字，"百度"进去以后，出来的就是权威媒体《人民日报》上面一封感谢信，写的是我们马义政委边防检查站，发生的一段非常感人的故事，我这里就不展开了。我感觉徐老师，真的是一个非常感恩的人！

　　这么大一个发布会，有很多事情要做，我只是代表陈瑜局长出席，却受到了"光大宁波"公司阮主任、和"光大杭州"公司孟主任的重视，安排行程、住宿等，他们工作真细心，一丝不苟。我想，可能就是受我们徐老、卢老这种工作氛围、家庭氛围的影响，我非常感动。到了8月5号，光大同仁把这本书送来了，我很荣幸能提前拿到这本书，我要认真拜读。在今后的工作、家庭生活当中，把书中的理念传承下去，把我们宁波帮的精神传承下去！谢谢！

尚佐文先生的讲话：

　　电影人的一种深厚的功底和全面的修养，可能在现在的演艺圈是比较难得的，我觉得很令人钦佩。今天也很高兴，见到了卢贤栋先生以及你们的家人。我看了一下，这一排坐的基本上都是这本书里提到的，都来到了现场，我非常高兴。

　　这本书，前几天环境集团就已经送给我。这本书，我觉得可读性很强，我是一口气把它看完的。从我一个出版人的角度看，我觉得这是一本非常好的书。因为今天时间有限，我就套用一个老词汇，刚才孙老师讲的尖兵，现在年轻一代可能不太听得懂。现在小学里也不讲三好学生。这本书，我要概括它有三好，是一本三好书。

第一是结构好。我觉得书名起得很好："人间有情"。里面分六个章节，六个方面的情：家乡情、环保情等等。第二是文字好，文字有深度、自然、有画面，如讲卢刚、讲自己与陶总的交往……让人看得津津有味，这是文字上的功底。第三是设计好，封面设计既美观又有喻意。

情与才。人间有情，笔底有才！我写了一首七言绝句，题目就叫"拜读《人间有情》——呈徐天侠老师"：情深自具维持力，才美应多粉饰功。持向人间增福慧，岂唯抄笔记芳踪。

徐老师她有深情，对这个社会、对家人、对环保事业，她有一种深情！正是靠这份深情，所以，她这个维系世界的力量是很强大的！而且，她又很有才华，她的"才"非常美。"才"美，所以她能够为这个世界增光添色；"持向人间增福慧，岂唯妙笔记芳踪"：就是徐老师写出的这本书《人间有情》，这不止是用一枝生花妙笔记载了自己的经历而已，也是赠送给人间的一份礼物，会让我们的心灵受到启迪。献丑了，谢谢！

孙善春先生的讲话：

非常荣幸，今天来到这里参加徐女士的新书发布会。我在来之前已看了这本书，我就直接说吧，不好意思，有这么多的专家在这里。当时，您比张天方还小，我在书里看到了她的照片，今天在对面看到张天方本人了，您那个时候，应该是比她小得蛮多的。那时，您跟着部队到杭州来演出，您可能没想到，过了60多年又回到这个地方！看了书以后，可以说的太多，我就说一个我特别深的感受。我觉得徐女士的经验、个人经历特别丰富。无论是在艺术还是在其他方面的经验，都有很多让我这样的后辈学习的地方。我是用学习的态度来看您的书，从里面学到了蛮多的东西。

您出身名门，见过很多世面，也经历过我们国家很多的发展和动荡的时候。做电影工作……以及在香港退休之后学习拉丁舞。学这个拉丁舞费了很多功夫，我觉得很了不起！我们要像徐女士一样，得有年轻人的心态。一个时代出一个时代的人，有感染力。

如果说，我们都垂垂老矣，觉得都已经迟暮，觉得地球没什么好救的，那这个事业就没有发展前途了。我以前在芦总的会上，汇报过、提出过一个观点，我觉得现在世界的环保，面临的最大问题是没有一个方向、浮华的方向、不珍惜等等这种混乱。很多专家、经济学家，他们都认为环保事业必然是要失败的，地球自有其命运，就是说我们是改变不了的。但是，我们可以改变自己的做法和心态。

徐女士在香港"杰出第三龄人士"颁奖典礼上、作为获奖者讲话时说："环保是拯救地球的必然途径。拯救地球，人人有责。用我手中的笔，抒写那些奋战在环保第一线的绿色尖兵，写他们似朝阳的情怀。"要用年轻的心态，充满爱的心，似朝阳的情怀，才能写出《朝阳》一书。人的对天地道德的一个记载，把她的传承都发扬。

当我读到《朝阳》书中的一段："生孩子是女人的天职，爱孩子是母亲的天性，养育孩子是社会人的天义。"我深有感触，环保是全社会的事，要用"生、爱、养"来发展环保。所以说，一定得有人生。这句话就是说要有爱，爱孩子，爱地球。爱孩子是母亲的天性，所以母亲的天性是爱！自己的心得。谢谢！

芦俊先生的讲话：

在这个结果生子的日子，秋天啊……所以说，今天徐老师给我们每个人，都送了一个有情果：人间有情果。

孙教授是一个哲学教授，往往他能从哲学的角度来概括和提炼，把这本书按照他的思维来解读：就是三个"有"，有生、有爱、有养。讲得很精彩。

尚教授他是一位文联高手，"人间有情，笔底有才"，其实他已经高度概括了。

第二个话呢，我就是表示真心地祝贺！时间过得很快，2015年9月22日，您和卢先生到天子岭环境集团，在交流当中您送了我一本书：《朝阳》，然后说明年还要再出书。没想到啊，今天是8月7号，一年不到，说话算数。

从这本书当中，我说有三个如此。第一话呢是信任如此。我们徐先生，说我们讲环保、讲垃圾处理，其实很多矛盾背后是信任问题。出一本书说到做到，信任如此。第二句话，是才情如此，刚才两位老师都说了。第三我认为最关健的，是激情如此。今年，我们徐先生、77岁。77是个好数字，在俄罗斯是幸福的意思，幸福七七。在有些国家七七最好，幸福加幸福！

所以第一，我是表示衷心地祝贺！我也写了一首诗：菁菁笔墨任天真，法身万化乡恋沉。的的恰恰容一榻，钱江最忆是涛声。我这首诗与尚老师的诗比起来，只能算一首打油诗。尚老师是高手，平平仄仄仄仄平。

我解读一下。"菁菁笔墨任天真":"菁菁"两个字有两个意思,"菁"的原意是草木茂盛,现在中国最小的事是最大的事,抬头兰兰天,低头清清水,举目绿绿树,相对浓浓情,这个"菁"是我们徐先生搞环保;第二个"菁"的意思,就是笔墨的精华,写得很朴实,人之所到,笔之所到,情之所到,这就是"菁菁笔墨任天真"。第二句是"法身万化乡恋沉":我解读的是,卢先生一家也是徐先生的经历,"法身万化"就是您当过战士、演员、作家、编导。"的的恰恰容一榻":卢先生是做科研工作的,我们徐先生会跳拉丁舞恰恰舞……是明星啊,夫妻二个人"的的恰恰容一榻"。然后"钱江最忆是涛声":通过这个运河到东海,就是您的故乡情!今天,您的新书首发仪式,在这个钱江新城,您是指的这个地方。所以,我用这首打油诗,表达我的敬佩之情!对您这本书的一些解读感受。

马义先生的讲话:

大家好!很荣幸今天能够来到美丽的杭州,参加徐女士的新书《人间有情》首发仪式。我代表广东省公安边防总队肇庆边检站全体官兵,对《人间有情》付梓出版,表示最衷心地祝贺!对徐女士的辛勤劳作,表示最崇高的敬意!

2015年3月7日,在广东肇庆铁路口岸,我们与徐女士相见、相识。徐女士和老伴卢先生,准备乘坐火车返回香港,抵达肇庆铁路口岸候车大厅时,发现自己的行李落在出租车上了。我站现场执勤官兵,了解到情况后,经过努力,帮助徐女士找回了行李。徐女士回到香港,手写一封五千余字的感谢信,寄往公安部边防管理局,又历时15个月完成了《人间有情》一书。

在这里,请允许我提议大家向徐女士学习。学习她用心感受生活的态度。服务出入境旅客,是边检官兵的职责所在。帮助找回行李,是一件极其微小的事情,可徐女士是一位有心之人,用五千余字的感谢信,详细描写了事情的经过,感受生活之美好,人间之有情。一年多的时间里:徐女士先后两次来到部队"走亲戚、串门",现场参加了先进典型事迹宣讲会;接受了广东卫视专访;不辞辛劳,编纂出版《人间有情》一书,这种孜孜不倦的干劲,特别值得我们年轻朋友学习。

学习徐女士弘扬正能量的赤子之心。《人间有情》感谢信被媒体报导后，广获好评，弘扬了社会正能量。正如报纸评论的："只有每个公民都散发出正能量，整个社会才能奏响和谐之音。"网友说道："感谢信让我们坚信，人间自有真情在，香港与内地人民的民族情、家国情，是永远割舍不掉的！"

在这里，请允许我代表全体官兵，向徐女士说几句心里话：

真心说一声"谢谢"！徐女士对边检官兵，可说是赞赏有加，并将官兵做了一件极其普通的事情，收录在《人间有情》一书，感谢您对肇庆边检工作的大力支持，感谢您对边检官兵的关心和厚爱；真诚说一声"希望"：我们站，上到领导，下至战士，都与徐女士结下了深厚的情谊，我谨代表全站官兵，真诚地邀请徐女士、卢先生，及在坐的朋友们到肇庆做客，到边检站走一走、看一看；真挚说一声"祝福"：今天，借新书首发之际，祝愿徐女士、卢先生，身体健康万事如意！

祝愿"中国光大国际有限公司"各项事业蒸蒸日上、欣欣向荣！

祝愿在坐的各位领导、朋友们，工作顺利、阖家幸福！

我的发言完毕。谢谢大家！

尚佐文、芦俊两位先生写的诗：

拜读《人间有情》——呈徐天侠老师

情深自具维持力，才美应多粉饰功。

持向人间增福慧，岂唯妙笔记芳踪。

　　——尚佐文

菁菁笔墨任天真，法身万化乡恋沉。

的的恰恰容一榻，钱江最忆是涛声。

　　——芦俊

嘉宾讲话结束后，作者徐天侠向杭州市环保局、光大国际、杭州市环境集团、肇庆边防检查站的领导赠送了新书，并和嘉宾亲切合影。

2016年8月7日，在浙江省杭州市举办了徐天侠《人间有情》新书发布会。
相片前排左起：任乐波、马义、夏乐顺、徐天侠、芦俊、卢贤栋、尚佐文、
孙善春；后排左起：卢洪、张天方、厉晓芝、孟继湘、何燚、陈克进、厉家铭、
卢刚、厉剑峰、芦山、朱晓菲、熊建平、陶敏强、吴永新

徐天侠给嘉宾赠书签字。

<3>

2016年8月9日，杭州市环境促进会、杭州市环境集团，在杭州天子岭举办了：徐天侠为杭州市图书馆环保分馆捐赠《人间有情》著作的赠书仪式。

杭州市环境集团领导：章莉女士接收赠书。

仪式上，我在讲话时说："杭州市图书馆环保分馆，肩负着宣传环保、造福于子孙后代的重任，钦佩！对美丽的杭州那份情，如《人间有情》著作封面表达的：杭州天子岭我们种植的桂花树，在土壤生根发芽、开花结果，情意长存！

纪实文学著作《人间有情》出版后，部分传媒的报导：

杭州市电视台于2016年8月7日，报道并播出了：在杭州举办的徐天侠《人间有情》新书发布会。

《宁波晚报》、《中国边防警察报》、《西江日报等》，从不同角度均有报道《人间有情》著作的有关内容。

中国新闻网、环保新闻网、宁波网、新华网、腾讯网、梅州新闻网、凤凰网、浙江城镇网、新华网、人民网、法制网和中国文明网等，均有报道：纪实文学《人间有情》著作的有关内容，以及新书发布会的消息。

"百度"的搜寻网上，有徐天侠《人间有情》的栏目。

《香港文汇报》，于2016年10月3日副刊"读书人"，刊载了《人间有情》著作的书介。

《香港大公报》，于2016年10月12日专刊，刊载了题为：徐天侠又一部纪实文学作品《人间有情》出版。

浙江在线，做了有关《人间有情》新书发布会的"优酷"视频。

"优酷"视频解说词：8月7日，徐天侠与丈夫卢贤栋、女儿卢刚，一同在杭州尊蓝钱江豪华酒店，为自己的环保新书《人间有情》，举办了新书发布会。徐天侠是湖南长沙人，现居香港，年轻时是著名演员、电影编导，曾参与《报童》、《陌生的朋友》等多部电影的拍摄与制作。后与我国外贸事业奠基人、著名宁波帮人士——卢绪章的长子卢贤栋先生结为连理。这几年，先后出版了《警察与流浪儿》、《徐天侠杂文集》、《蓝艳艳的天》、《我的路》、《老人与小孩》、《朝阳——我的环保情缘》等多部作品。《人间有情》是徐天侠继《朝阳——我的环保情缘》后，最新创作的散文式纪实文学。作者从家乡情、环保情、师生情、文艺情、社会情、军民情等六个方面，表达了自己和家人，对祖国环保事业的热爱和支持。会后，徐天侠向杭州市环保局、光大国际、杭州环境集团、肇庆边防检查站的各位领导赠送新书，并与现场嘉宾亲切合影。

徐天侠赠书予杭州市环境集团的赠书仪式。杭州市环境集团党委副书记章莉（左五）、卢贤栋（左六）、徐天侠（右五），杭州市环境集团董事长芦俊（右四）、光大国际业务部副总经理卢刚（右三）、大唐西市董事总经理厉剑峰（右二）。

徐天侠与两位可爱的孙女在杭州机场。左起：天方、晓芝、徐天侠

20. 参加香港第三龄学苑十周年研讨会

我获香港社会服务联会邀请，参加"香港第三龄学苑十周年研讨会"。研讨会于 2016 年 11 月 11 日下午，在温莎公爵社会服务大厦举行。香港电灯有限公司（港灯）公共事务总经理杨玉珍女士、香港社会服务联会（社联）行政总裁蔡海伟先生致欢迎辞，并进行了第五届杰出第三龄人士选举的启动仪式。其后，嘉宾：台湾的林崇伟教授和新加坡的沈锐华先生作了精彩发言。

由社联总主任（长者服务）陈文宜女士主持，与杰出第三龄人士对谈。对谈者除我外，还有曾焕屏女士、邹秉基先生。

汇总陈文宜女士与我对谈时，提出的几个问题：

第一，徐女士为自己的退休生活订出以下原则：一是寓娱乐、修心于跳舞活动之中；二是寓体能锻炼于家务劳动之中；三是寓活跃思维于读书写作之中；四是寓天伦之乐于关怀孩子成长之中；五是与他人分享乐在其中。有自己退休生活的原则，是一件好有计划的事情。徐女士能否和大家分享一下，在最初怎么为自己订立这个健康生活的原则？怎么发展培养自己在文学、习舞等方面的喜爱之情？

第二，《人间有情》从丈夫的家乡宁波出发，由写宁波人的热情，到女儿投身环保事业，与其他环保人士共同努力拼搏之情；由孙女与学校教师间的师生情，又说到在香港生活期间身边的人情味。你对退休后认识的朋友情又是怎样的？

第三，你是否是一个乐于挑战自我的人？退休人生面对最大的挑战是什么？

汇总与陈文宜女士对谈时我的发言：

第一，退休后，第一时间做工作时想做又没有时间做的事——跳舞！在研习国际标准舞的拉丁舞的过程中，不断挖掘自己还想做又能做的事。如写书，可以总结过去的生活、工作，可以记述与孩子们相聚中的情聚。正遇"松柏之声"请我给网上松柏写文章，实践了一段时间后，逐渐明确了自己健康生活的原则。

第二，坦白说，退休前不太关注别人对我的态度，在工作中，自己或同事遇到问题，会相互帮助解决，当然会建立一定的情谊。但是，对人之间的情有更深层次的领悟，还是在我关节出现问题行动不便之后，特别是肇庆边防检查站的官兵为我们做的事，使我体会到：人之常情中的不寻常的情。我重新审视我周围的人：熟悉及陌生人对我的态度，重新回味曾发生过的事。关节出现问题要拄拐杖行走，对一位教授拉丁舞的导师来说，确实是很大的冲击。可是，在我日常生活中，却有那么多人热情地帮助我，如过马路、进出商场、进出住宅大厦、搭电梯、到泳池游水等等。当我由衷地说出：谢谢！他们总是说"不要客气，应该的，举手之劳嘛"的话。我深深感受到那滋润心灵的关爱之情，我不但没有觉得自己走到了人生低谷，相反我笑得更多了，因为我领略到人间的情！

再说，港灯和社联举办的杰出第三龄人士选举活动，以前我只是以学习、了解社会的心态参与，没有看到也不关心，举办机构和工作人员的苦心、辛劳。现在我才真正体会到：他们对长者那真诚的关爱之情！

第三，我并非是位乐于挑战自我的人，我承认自己是个好奇心特别强的人。我喜欢了解新事物，见识我不熟知的地方，学习我不懂的知识。退休后我要尽快重新为自己确立人生目标：要做什么、能够做什么、怎么去做？而我退休后的生活面对的挑战，就是能否继续保持自己的好奇心。想跳舞，去学去跳；想到世界各地去看看，那就去……在行动中不断完善计划，要求自己切实执行，这样就会过得充实、有意义。

第四，持续保持身心健康生活。身心健康，首先是心或者是思想。对自己想做的事或订的目标，既要执着又要面对现实。如我喜爱跳拉丁舞，对这一舞蹈通俗点形容，可说是有规律的活蹦乱跳，岁数大了，关节又出现了问题，怎么办？我明白，如果现在我只是呆呆地坐着不动，即使阅读、写书、上网等仍是坐着，不用多久，别说跳舞，很可能连站立都不行了。所以我必须坚持"动"——活动、运动……跳不了舞，可游水，借助水的浮力在水中运动。我告诫自己：千万不能自哀自怨、自我怜悯，冷静地面对现实，坚持自己能独立完成的事，就一定要自己完成。

第五，尽量争取和老伴一起去做、去完成各项大小事：起初是跳舞，后来是写书。我很珍惜与丈夫一起参加各项活动的机会，有了共同的兴趣、目标，就会有共同的话题，生活中的交流必定更丰富，与老伴共同享受生活，身心必然健康。

第六，在做到自我身心健康的同时，关心社会，关心他人。如环境保护，我做不了什么具体的事，但我可以宣传具体做环保工作的人和企业，所以我写了有关环保的书。

在我撰写《朝阳——我的环保情缘》及《人间有情》两本书的过程中，我体会最深的是：不管是政府机构、企业、还是个人，诚信是第一重要。由于光大国际有诚信，才能获得承建杭州环保项目；我参加港灯和社联举办的活动，是因为港灯和社联的诚信；肇庆边防检查站同意我写他们，是因为我个人有诚信。

我深信，有港灯和社联的精心策划、组织，在香港第三龄人士共同努力下，香港第三龄学苑，定会越办越好，欣欣向荣！

徐天侠出席研讨会。左起：社联行政总裁蔡海伟、嘉宾邹秉基、徐天侠、曾焕屏、港灯公共事务总经理杨玉珍女士

左起：蔡海伟先生、嘉宾邹秉基、新加坡嘉宾沈锐华、台湾嘉宾林崇伟教授、嘉宾徐天侠、杨玉珍女士。

社联长者服务总主任陈文宜女士，主持与杰出第三龄人士对谈。左起：徐天侠、陈文宜、曾焕屏

左起：徐天侠、陈文宜、曾焕屏、邹秉基

徐天侠与林崇伟教授合影。

徐天侠与丈夫卢贤栋和林崇伟教授及社联的工作人员合影,后排右一卢贤栋,右二林崇伟,右三徐天侠。

21. 情系心中（一）

<1>

十年前，自觉仍"年轻力壮"，我和丈夫卢贤栋，为庆祝我俩结婚 50 周年及我的生日，决定去澳洲"自助游"，其实只在悉尼游览。有一个项目是参观本地的手饰工厂，据旅游手册介绍，此工厂是专门将澳洲的特产"Opal"制成手饰。

贤栋和我生活这么多年，从未见我买过贵重的手饰，他知道我除了不舍得花钱外，对那些名牌衣服、手饰等没兴趣，只要合眼缘，港币几十元的衣服或饰物，我都会买来穿戴。30 多年前，我在北角马宝道街市买的 5 元、10 元的衣裙，仍留着几件，间常还穿。

丈夫还知道我喜欢打扮，为了参加拉丁舞比赛和担任表演嘉宾，我买了不同颜色、款式的耳环、手链、项链，还有戒指。当然，这些都不是真正的红绿宝石、钻石，价钱都只有几百元或几十元。所以，我们这次来澳洲参观悉尼的手饰工厂，目的很明确：贤栋一定要给我买一件名贵的饰物。

说实话，我并不想买，特别是将要付出上万的港币，都这么大岁数了，还戴什么名贵饰物，留着钱做什么都好！既然丈夫那么热衷，就去参观一下，长点见识吧。

<2>

我俩来到"Opal"手饰工厂，一位 30 多岁的华人男士接待我们，我看了一眼他给我的名片，原来他是老板，姓杨。

一位白皮肤、黄头发、高鼻子的年轻小姐，给我们送来了茶水。我们一边饮茶，一边听杨先生介绍公司发展史，从中我知道他是接替父辈的家族生意。在讲到顾客对"Opal"手饰喜好的程度时，杨先生说了一个实例，他说："香港无线电视一位有名的艺员，自己来买了'Opal'手饰后，又介绍亲朋好友来买。"

一位肤色较黑的中年男士（像似澳洲本土人）送来样板，放在杨先生身旁，随即离去。杨先生谈到公司面临的问题时说："'Opal'无疑是很抢手的饰物，特别是对品味高的爱美女士，更有吸引力。现在政府可能限制开采，货源会越来越少了……"他停顿了一下，然后笑着说："到时候我可能要改行了！"

我们在和谐友善的笑声中，欣赏不同款式的美丽的"Opal"饰物。我和贤栋都看中了一对耳环，独特的是：在不同角度、不同光源照射下，会闪烁出不同的色彩，耀眼夺目。我拿出盒中的价目牌，请杨先生将澳币兑算成港币。

杨先生拿出计算器，按当日的兑换率换算出港币的价目。

我看到计算器上的数字，确实有点惊讶，购买的意欲已暗暗消失。我正在想用什么词句，既表达出不买的意思，又没破坏友好的气氛……

贤栋见我沉默不语，轻声问："怎么样？你表个态……"

我真诚地说："这对耳环确实很独特，色彩、款式我都喜欢。"又稍带歉意地，"就是钱多了一点，我再考虑考虑……反正还有两天才回香港。"我没用"贵了一点"，是想向杨先生表明，不是"Opal"耳环本身价钱的问题，是我没有那么多钱买。

杨先生听了我的话，笑笑，在计算器上重新打出一个价目，平和地："这个数目好吗？"

丈夫一反常态，不等我来讲价，拿过杨先生手中的计算器，自己打出几个数字，一边给杨先生看，一边说："减到这个价钱，我替太太拍板了！"

杨先生又笑了笑，接过计算器，把后面三个零改成了"688"，开心地说："大家一路发，吉祥！"

贤栋连瞥我一眼都没有，就果断地说："好，成交！"

杨先生示意一直默默站在一旁的老师傅，他打开手中的小箱，取出一个精美的小盒递给老板。杨先生双手捧着小盒要给我。

见这情景我还能说什么？只得也伸出双手接收，并助兴地说："杨先生的诚意和盛情，我们领了！"

杨先生热情地说："两位远道而来特意帮衬我，两位贵宾的盛情我也领了。实话实说，这笔交易我没有赔钱。"略停了一下，又笑笑说，"赚少了一大节！"

我也真诚地笑笑说："我们心领了！"

杨先生从样板箱里取出一对耳环，说这对是送给我的，交给卢先生。然后请我打开手中精美的小盒。

我轻轻打开小盒……哇，比样板更鲜亮、更夺目！

杨先生可能看到我惊喜的表情，颇得意地问我："卢太太，卢先生手里的耳环与您的这对有什么不同？"

我分别鉴赏了一下，认真地说："款式不同，大小不同，颜色不同，折射出来的光彩好像也有点不同……"

杨先生仍稍带得意的语气说："您再仔细看看，您手中的这对'Opal'，是两块完整的。卢先生手中的这对，是分别用三块细小的'Opal'拼接在一起的。"他指着我手中的耳环说："这么大的'Opal'，市面上卖少见少，卢先生识货！"

贤栋听到杨先生的话竟满意地笑了！我知道，丈夫不是满意杨先生说他"识货"，而是满意自己给我买了"名贵"的耳环。这对耳环是否"名贵"，见仁见智了，但确实贵了些。当然，买到了心头好，还是很高兴。

<3>

我和贤栋自退休后，到过世界各地去旅游，有时跟旅行团或坐邮轮，间常也会自助游。通过不同形式的旅游，参观了不同国家的土特产制作工厂，及服装、手饰等工厂，接触了不少华人老板。

老板们有一个共同点：对顾客热情、友善、谦和，推销货物实实在在、不虚假不浮夸，在说说笑笑中，让顾客全面了解到要购之物的特性和优点。有时会遇到价钱贵了些的货品，仍会买下，觉得物有所值，买得高高兴兴！

中华民族的炎黄子孙，遍布世界各地，华人的聪明才智、勤奋拼搏精神，为当地社会作出了一定的贡献！

听到个别国家的个别地区，产生歧视华人的怪现象，我一直认为，这是愚昧的妒忌衍生的反常情绪。

22. 老怀大慰

我和丈夫吃完早餐，坐在梳化上闲话家常，圣诞节很快要到了，不知小刚一家会怎么过，节假日通常都是晓芝、家铭拿主意，两个孩子想到哪儿去观光旅游……

正说着，听到晓芝在房门外叫"婆婆"。

我笑着说："说曹操，曹操……"

"婆婆！"又一次清甜的叫声。

公公回应道："婆婆来啦！"

我拉开房门让晓芝进来，看她不急于进房，我也只好站在房门旁等……

孙女从背包里拿出一个红色信件，双手捧着递给我，甜甜地说："我和弟弟送给婆婆公公圣诞慰问卡！"正要转身走，又停下来说，"我还得赶去练击剑，下次再来看望婆婆公公……"又转身要走。

我急急地说："傻孩子，请你爸妈顺便带过来嘛！"

孙女停下步转回身，一脸认真地说："那怎么行，给婆婆公公的圣诞慰问卡，一定要自己送来！"又急急转身走。

我担心地大声说："注意安全，别抢红灯！"

孙女边走边大声说："知了，婆婆放心……"

我站在房门口，看到晓芝向左转朝电梯走去，又听到电梯的打开和关门声，这才回房间关了房门。

贤栋望注我手上拿的红色信封，迫不及待地问："孙女给你的什么？"

我仍在丈夫一旁坐下，宽慰地笑着说："是圣诞慰问卡！"将信件递给他。

丈夫将精致的红色信封，翻来覆去地反复察看，然后指着信封右下角贴上去的小动物图案，问我："是可爱的小猫咪？还是小狗仔？"

我靠近去看，认真地审视着，也分不出是小猫猫还是小狗狗，笑着说："管它是什么，反正很可爱，觉着很温馨，是孩子表达情感的一种方式吧！"

丈夫轻柔地念出信封上的字："婆婆公公的小惊喜"，然后打开信封，小心翼翼地拿出圣诞卡，把信封交给我，然后展开卡。我和丈夫认真地观看：左边是孩子写的祝福的话，还注明由左到右、由上到下；右边的图案都写上了说明：请你吃雪糕、公公睡觉、我等待公公康复、我勤力读书……

贤栋从我手中拿回信封，正要将圣诞卡放进去时，发现里面还有一封信，拿出信，又把信封交给我，立马展开孩子写的信，一边看一边嘟噜着："孩子长大了，孩子懂事了……真是血浓于水……"丈夫见我伸过头去看信，体谅地说："我念给你听。"停顿一下又说："从头念给你听吧。"

丈夫轻柔地一字一字地念，听着孙女孙儿写给婆婆公公的信，我不由自主地紧紧依偎着丈夫……念完了，丈夫默默地紧紧搂住我，老人浸润在被孩子理解、受孩子疼爱老怀大慰的幸福里……

现将孙女晓芝、孙儿家铭写给婆婆公公的信，全文载录于下：

婆婆公公：

对不起最近越来越忙，我们很久也没见了！听到外公入院的消息时，我们也很惊讶。没想到以往精神奕奕，挺着大肚子，笑逐颜开的老爷子，会在这时候被病魔缠绕。看那以往红润的脸，在刺眼的灯光下更显苍白，凸起的啤酒肚深藏在被窝之中，心里不免难受。扶起你时，才猛然发觉，我们再不是你们一直一个左右摇摆的安琪儿，我们将会是你们的支柱。公公虽是变得矮瘦了，但每逢与我们探讨历史，便会双眼发亮、炯炯有神地叙述列宁的背叛，上海与犹太人的关系。外公沙哑的声音，一步一步地步入耳中，如清泉般凝结起来了。相信我们姊弟俩，都在这些阳光明媚的下午，获益良多。

我们都知道外公最近深受折磨，也想象不到不拉屎、不能坐、不能站的人生。对，你的肉体是被病魔摧残，但你的精神却尚在。你奋斗的意志如勇士般百折不挠，那顽强的求生欲鼓舞着我们。我们都在静静地等候你的消息，如看球赛般，在你渡过一关时为你喝彩，在你受尽折磨时坐立不安。虽然我们不能陪着你过每一天，但我们都在默默地支持你！

婆婆，这些日子也辛苦你了。屋子少了一个熟悉的身影，晚上床上少了一个安稳的身躯。即使你的腿不行了，也毅然要探访外公，这是白发到老不渝的爱情啊！你是位勇敢的女强人。连父亲每次说起你时，也是带着敬仰的口吻。无论金融风暴、投资、买楼、写书、跳拉丁舞，没事难到你。你是聪颖的，是位好榜样。每次我们萎靡不振时，父亲总是说："你看你外婆，即使都七八十岁了，仍每天早起写书，你有什么借口呢？"

　　衣履相亲，但我们总有放下衣服的一天。愿我们在这星辰旗语、漂萍离散的世界中多会聚。即使时间不多，但那血浓于水的亲情，仍如纽带般串连起我们。即使在天涯海角，抬头一望，也是同一皓月。保重！

　　PS. 请不要在我们面前过度提及此信，我们会很尴尬，请体谅。

孙女：厉晓芝

孙儿：厉家铭

2020 年 11 月 21 日

孙女晓芝、孙儿家铭送给婆婆公公的圣诞慰问卡。

孙女、孙儿写给婆婆公公的慰问信的部分影印件。

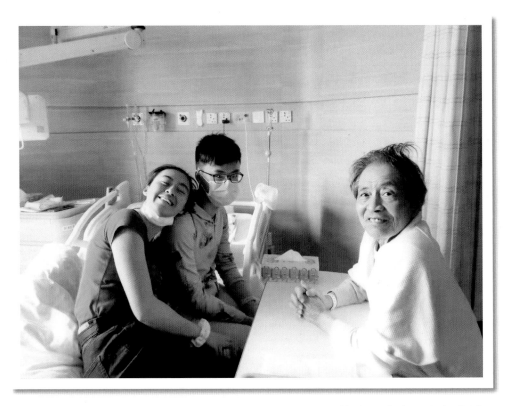

晓芝、家铭到医院探望生病的公公卢贤栋，听公公给他们讲述历史和世界各地的风土人情。

孩子们为徐天侠、卢贤栋庆祝结婚 60 周年。

卢贤栋和徐天侠白头偕老、老怀大慰。

晓芝、家铭举着公公婆婆
给他们的利是。

家铭高中毕业了。

父母和家姐参加家铭的毕业典礼，并送上鲜花祝贺。

在学校的毕业晚宴中，家铭与班主任陈楚丰老师合影。

在学校的毕业晚宴中，家铭与同学合影。

徐天侠在看孙儿们写给她的生日祝福信。

下

篇

卢绪章老先生的第三代：孙女卢刚的丈夫厉剑锋与前来接待的几位先生在"卢绪章生平事迹馆"前，王凯（左一）、黄士力（左二）、徐晓东（右二）、陈有海（右一），中间是厉剑锋。

23. 不会忘怀的人和事

<1>

为了迎接孙女天方来香港学习，我们需在自己的居所内，清理出一些空间，给孙女住。我们住的是两房两厅，虽然只是一般屋苑，但在香港的现实生活中，比"迷你楼"、"劏房"还是好得多。

我们是早就退休的长者，但支持帮助孩子学习，作为至亲长辈，有义不容辞的责任。天方来香港是读研究生，她今年在天津南开大学金融系毕业，香港一所大学依据她各方面的成绩，录取了她。

我们居所的两间房，一间是我和丈夫贤栋的睡房，另一间原本也可做卧室，因没人住，便把暂时不用的衣物堆放在房里，连孩子家不用又舍不得丢弃的衣物，也搬放过来了。

其实，贤栋早就提醒过我，说："香港寸土贵过寸金，没有几个香港人，会在房间堆放不值钱的杂物。"我虽没反驳，但我想保留的杂物，照样往房间里堆放，丈夫也不再叨唠了。

久而久之，各种不想丢弃的衣物、家庭用品、书刊杂志、多年的剪报，加上特意保存的自己撰写出版的书籍等等，已占住了整个房间，只留出两条小小通道，以便去窗边晾衣服、开空调。所以要"清理出一些空间"，还真要费些心思。

说实在的，孙女自从定下来香港学习，我就一直在盘算，如何清理出给她住宿的地方。有一次，贤栋见我又站在"杂物房"门旁发呆，幽默地说："又对着杂物沉思默想？"看我没理会，笑笑说："这些都是身外之物，何况也不值几个钱，都扔掉，需要时再买。"

丈夫的话，帮我确定了"保留"和"丢弃"物品的原则：凡是用钱能买到的物件，都丢弃。

春节前夕，天方和她的母亲来香港，帮我清理房间，我在一旁指挥：哪些该丢弃，哪些应保留。只用了两天，就把房间清理收拾干净了。

留下的书刊剪报、手抄文稿及一个存放着"历史文物"——母亲给我的棕色小皮箱（我第一天去军队报到时提的就是这个皮箱）都放在客厅靠沙发的一个角落，盖上一块与沙发颜色近似的深红色的布，没占客厅多少空间，又不影响客厅原本布置的格局。扫视客厅，心里很得意。

客厅这个角落里，红布遮盖的，是金钱买不到的我的珍藏！

<2>

2016 年 8 月，在杭州完成《人间有情》新书发布会后，丈夫和孩子们，再次要求我不要再写书了，全力调养好身体。我不能漠视亲人对我的关爱，便一口应承，至今已过去近三年了。

这段时间，过得轻松愉快，确切地说："游手好闲、无所事事"，悠闲得甚至感到有点失落，总觉着还有事没做，特别是望着客厅那个角落存放的珍藏，心里更是不安。经过反复思量自我争斗，终于明白了：我应做又没有做的是什么事。决心让起伏不定的情感平静下来，集中精神，整理思绪，全力去做应做又没有做的事。

查阅我的珍藏，从母亲给我的小皮箱里拿出我的"历史文物"：一个破旧的日记本。

日记本——由绿色锦缎包装的封面。上方印着：祖国的河山。下方印着：蕴藏富饶。翻开封面，上方第一行印着红色字：中国人民解放军三一五〇部队文工队；第二行印的红色字是：慰问演出纪念；下方印的红色字是：中国人民解放军三一五三部队赠。

1955 年 4 月，军队文工队即将整编。4 月 14 日，文工队团支部召开会，讨论我入团的事。会议全体通过我入团的申请，我成为新民主主义青年团的团员！

在掌声中，我听到分队长丁明星问我："小徐同志，你要说话吗？"

我轻轻地"嗯"了一声，激动得说不出话，只能颤颤地嘟噜着："我会努力，我会努力——"

丁队长从他随身携带的军用小提包里，拿出一个耀眼的绿色日记本，对我说；"小霞，送给你做纪念！"（"小霞"是军队大哥大姐对我的爱称。）

我两手接过纪念礼品，一直在眼里滚动的泪水，流出眼眶……

丁队长脸上露出一丝欣慰的微笑，亲切地说；"小霞，可请你的大哥哥大姐姐，在日记本上赠言留念。"

我保存了 65 年的纪念礼品，封面的绿色已不再耀眼，包装的锦缎也已破损，日记本四周飘垂着断裂的碎丝，珍贵赠言有的字已模糊不清。但确确实实是我的珍宝；里面记载的大哥哥大姐姐对我的祝福和期盼，绽放着真、善、美。

65 年来，我和全国人民一样，经历了风风雨雨，在最艰难的日子，那真、善、美给了我力量和希望。

在撰写《人间有情》一书的过程中，我遇到的、接触的人和事，正是"真善美"的体现！我应该将自己的珍藏公诸于世，和人们分享。

军队丁明星队长送给徐天侠的
纪念礼品日记本的封面。

日记本第一页。

<3>

在我的纪念礼品中赠言的大哥哥大姐姐有：（以赠言先后的顺序）

丁明星、刘经岚、潘天军、黄崇德、冯晓明、静宁、肖芳

董良柱、田思庆、芷青、董学军、王钟迈、黄大英、珊璞

张大化、戴金根、柳纪南、李士夫、王亚川、王建平、陈振尊

刘林、贾思民、刘寄乔、黄星立、丽华

纪念礼品已珍藏65年了。65年中，我搬迁了无数次家，不管什么境况下搬迁，每当我看到母亲给我的小皮箱里重要文件中，军队丁分队长送给我的纪念礼品，心里踏实了：我不能辜负军队首长、和大哥哥大姐姐对我的期盼与关爱，一定要坚强地去面对新问题，勇敢向前迈！

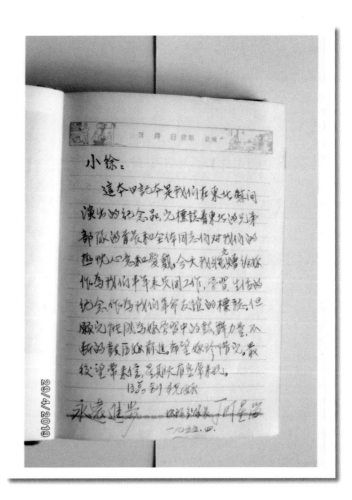

军队的大哥哥大姐姐在纪念礼品
日记本上的赠言。

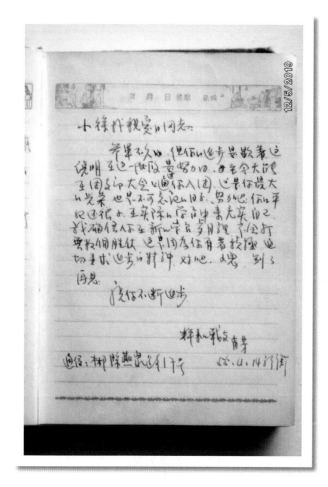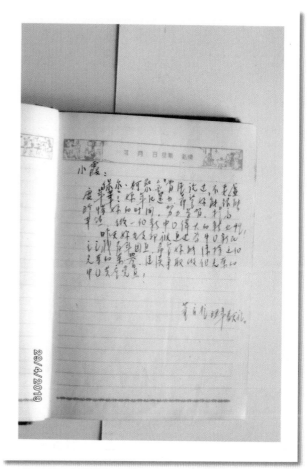

军队的大哥哥大姐姐在纪念礼品日记本上的赠言。

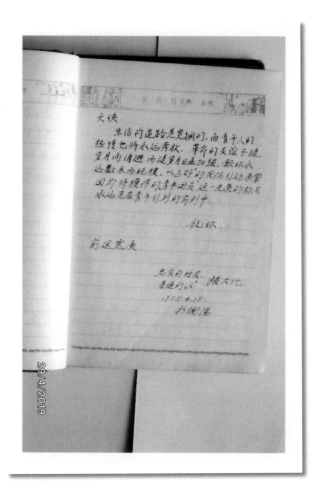

军队的大哥哥大姐姐在纪念礼品日记本
上的赠言。

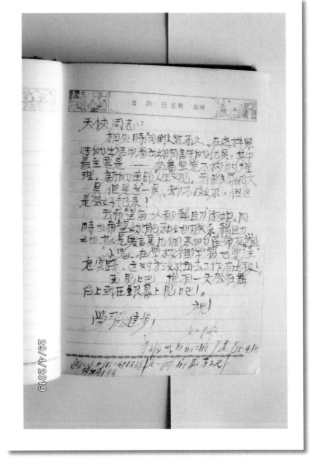

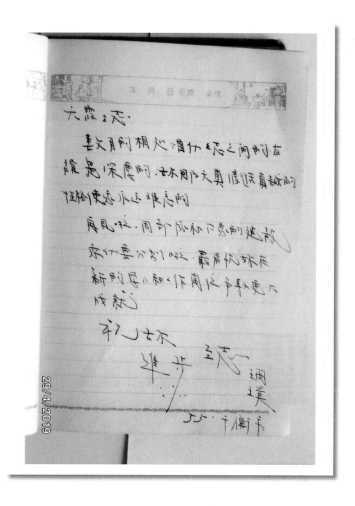

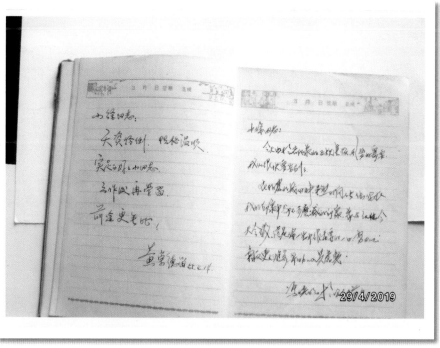

军队的大哥哥大姐姐在纪念礼品日记本上的赠言。

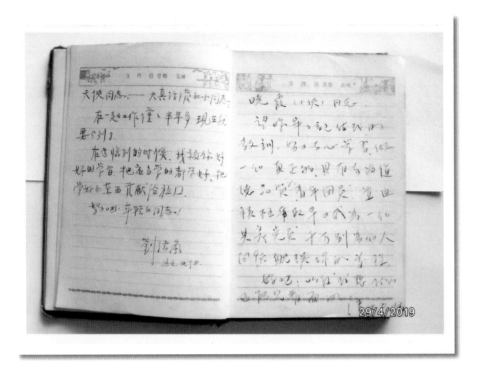

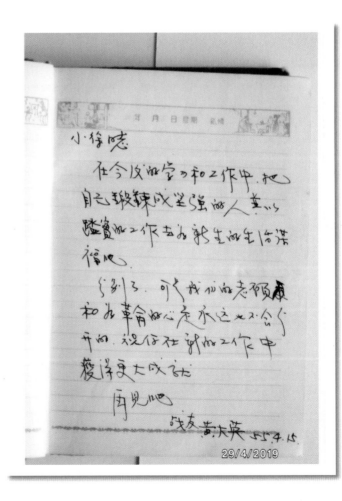

军队的大哥哥大姐姐在纪念礼品
日记本上的赠言。

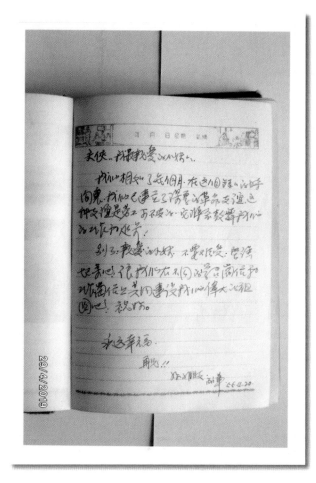

军队的大哥哥大姐姐在纪念礼品日记本上的赠言。

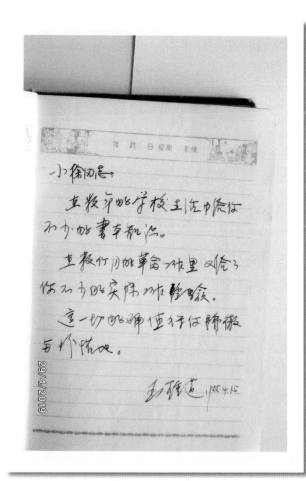

军队的大哥哥大姐姐在纪念礼品
日记本上的赠言。

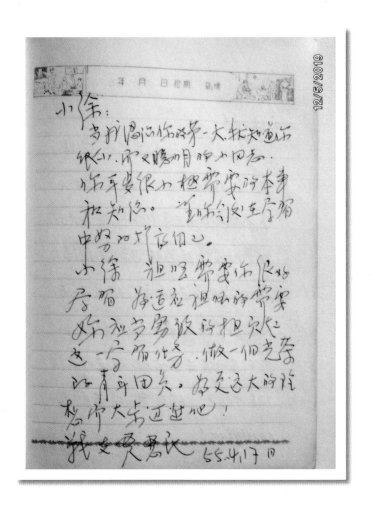

<4>

65 年后的今天，当我捧着已破损的纪念礼品，一页一页默念有的字已模糊不清的赠言，在军队的岁月浮现眼前。

第一天去军队文工队报到，大哥哥大姐姐欢欣热情地忙乱情景；班长王大姐连夜给我赶制的、我的第一条长睡裤；巡回演出火车上，班长在两张座位铁架空隙中，给我做的临时卧铺；大哥哥大姐姐，一字一句教我识谱唱歌，一步一蹦教我跳舞。

慰问演出中，有一次我报幕完，回到舞台侧幕睡着了，跳新疆舞的赵姐叫醒我时，台上的节目已经演完。慌忙走上台前报幕，结果把班长演出的节目《河南梆子》报成歌舞剧《幸福山》。正在大家不知所措的忙乱中，张大哥走到我身边，轻轻说："别慌，就说演员没换好服装，改演《河南梆子》，请大家原谅！快，笑着出去……"

我按张大哥的话，在甜美的微笑中说了一遍。我听到台下观众七嘴八舌地说："叫演员慢慢换，没关系，先看哪个节目都一样，别着急！"在小结会上，班长不但没批评我，反倒自我检讨没尽责。

随七人小分队去山区，为解放军边防部队慰问演出。在战士们连夜堆搭的泥土舞台上、在热烈的掌声中开始，又在热烈的掌声中演出结束。见战士们拥上台前，大哥大姐一个个跳下一米多高的土台。

一位个头高大的战士，见我站在台边犹豫不决，一把将我抱起，轻轻放在地上。我仰起头望着战士，感激地说："谢谢，谢谢你抱我下来！"

战士的脸上露出笑容，谦和地说："应该的，应该的。"我感受到那笑容里，蕴含的柔和、善良、真诚。我紧紧盯着战士那坚毅黝黑的脸，我要牢牢记在心里……张大哥的话把我拽回现场。

张大哥对热情的战士们说："让我的'小孙女'（在《双送粮》中，我演他的小孙女），不，不是，是我们的小霞同志和孟队长，为大家表演一个新节目《逛新城》！"

我跑到孟大哥跟前，轻轻说："一次都没排练过，怎么演？"

孟大哥满有信心地说；"你不是都会唱了吗？"见我"嗯"了一声，接着说："你照着歌词内容，想怎么表演就怎么表演！"

战士们已围成一个圆圈坐定，留出中间一块空地给我们表演。临出场前，孟大哥提醒我："别叫我'孟大哥'，要叫'阿爸'！"在音乐声中我跑跳着出场，对着孟大哥等场的方向叫道："阿爸哎，快快走，看看乡镇新面貌……"

节目《逛新城》演出完，不但受到战士们喜爱，还得到大哥大姐的赞赏，说："没排练比排练过的还好！"我知道这是对我的鼓励，我也知道是我对解放军边防战士们的一片真情。

去边防前哨演出，和战士们的直接交流，使我深深感触到：军队文艺工作宣传队，所递送的演出以外的情！

1955 年春，我们来到人民的首都北京，汇报演出。在连续紧张的排练后，队领导给我们放了一天假，让大家修整一下"逛新城"，看看北京的新面貌。

大轿车驶进宽广的长安大街，到了天安门广场。我跳下车，一口气跑到金水桥前，望着天安门城楼，情不自禁地赞叹道：多么壮丽雄伟！抬头仰望在蓝天白云下飘舞的"五星红旗"，我热血沸腾，为自己能头戴有"五星"的军帽而自豪！转过身，对着那庄严肃穆的烈士纪念碑跑过去，停在碑前，举手敬军礼！心里默默说着：敬爱的革命先烈，我们永不会忘记，是革命先烈用宝贵的生命，换来了我们今天的幸福生活。我要努力向大哥哥大姐姐学习，成为一名优秀的文艺战士，为人民服务！

　　能在北京总政治部排演场举行汇报演出，大家都觉着很荣耀。经过反复排练、走台，演出终于开始了。大家精神饱满、情绪振奋。我穿着一身军绿色的礼服，上身配有皮武装带，长筒皮靴正好被西服裙盖过，无檐的军礼帽，庄严夺目。我紧张地在侧幕等候，不停默诵慰问词……

　　首长讲完话，该我出场了，脑子里突然一片空白，两条腿像铅一样沉重，迈不出步……我听到班长在我耳边轻声说："你是世界上最漂亮的姑娘！"将我往外一推。我醒悟过来，我是世界上最漂亮的姑娘，还怕什么！定定神，调整好步子，满怀信心地走到台中央，往右转向观众，举起右手，庄严地敬礼！台下掌声雷动，观众的热情，使我更加冷静、理智。我知道，有上百双眼睛正赞赏地盯着我，上百张友善的脸正对我微笑。我敬礼的右手一直举在帽边，微带笑容的脸、由中央慢慢转向左、又由左慢慢转向右，再由右往左转到中央，有力而豪气地放下右手，结束敬礼。观众也结束鼓掌，顿时雅雀无声。在寂静的剧场里，面对数百位热情友善的观众，我绘声绘色、充满感情地、说完一长段汇报性的慰问词。热烈的掌声打破了寂静，我吸了一口气，待掌声一停，接着报完第一个节目，向右一转，在掌声中正步迈进侧幕！

　　这情景，直到今天仍记忆犹新、历历在目。班长那句"你是世界上最漂亮的姑娘"，向我道出了一个简单的哲理：自信。从此，我带着这份"自信"，迈上了我人生新的历程。

　　军队文艺工作宣传队"整编"，和大哥哥大姐姐商讨，有的要我留下到军队文工团，继续做军队宣传员，有的说我年纪太小劝我上学。经过激烈思想斗争，最后还是听从了母亲的安排：回家继续学习，上高中。

　　班长已经替我办好了复员手续，她和张大哥用小吉普车送我回家。行李已收拾好放到车上了，除了我第一天来军队报到时，提的棕色小皮箱外，又多了两个背包和一个挎包。挎包里放着：丁明星分队长送给我的纪念礼品——里面记载着大哥哥大姐姐的珍贵赠言；还有孟大哥送给我的有关音乐方面的书。

　　班长和张大哥坐上小吉普，车开动了，往军队大院门口徐徐驶去。大哥大姐们，拉着我的手跟在车后，大家都不说话。陈大姐看到我的眼圈又红了，忙笑着高声说："小霞妹妹，以后当了大明星，可别忘了我们呀！"

　　陈大姐的话，打破了伤感的沉默，大家都抢着和我说话，问长问短，极力制造热闹高兴的气氛，我也尽量控制自己的感情，笑语回答。终于到了有战士守卫的大院门口。

　　文化科长燕翔和队长，在大院门口与守卫说着什么，见到我们忙迎过来，和我握手话别。泪珠在我眼眶里又滚动了。燕翔科长觉察到我依依不舍的情绪，急忙将我一把抱起，放在车上，示意司机开车。

　　吉普车开动了，燕翔科长突然高声地向我喊道："好好学习，天天向上！"

　　大哥大姐们也齐声喊着："好好学习，天天向上！"

　　吉普车渐渐驶远了，驶远了……但那"好好学习，天天向上"的声音，仍然在我耳边回荡！

　　我离开军队虽已65年了，但军队的大哥哥大姐姐却一直陪伴我，从青春少女到孩子的母亲、孙儿的祖母、年已古稀的长者，指导我在风云变幻的现实社会，分辨真与假、善与恶、美与丑。

徐天侠的"中国人民解放军复员建设军人证明书"影印件。

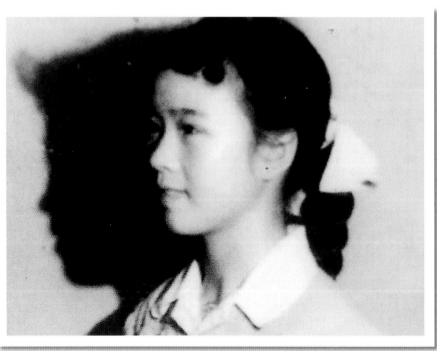

1954 年，徐天侠参加中国人民解放军文艺宣传队前，摄于湖南衡阳照相馆，其中一张有剪影的，曾在照相馆橱窗展出。

<5>

我与丈夫退休后，其中想做的一件事：到世界各地去旅游，感受时代脉搏的跳动。特别是内地各方面的发展，更激起我们去亲身体验的冲动。因为在感受过程中，社会的正能量，能促使我们已经衰老的身体和心境，变得年轻、坚强，乐观地去面对自身的病痛，尽量少给子女和社会增添负担。

2015年3月1日，我和丈夫去肇庆旅游。在肇庆的几天，我们在温馨的心境中，呼吸着星湖上空清新的空气，欣赏七星岩的翠绿山峦，品味那香醇可口的农家饭菜，无忧无虑地享受可谓神仙的生活。

六天，一眨眼就过去了。3月7日下午，我们从酒店乘的士，到达肇庆出境大楼，的士司机关心地扶我下车，一直扶我踏上出境大楼门前的阶梯，为了表达内心的感激，我竟对着已向前行驶的车，高声喊道："谢谢你，好心的司机！"

我们准备进入出境大厅，向守卫在出境大楼门前的执勤武警，我出示回乡证，他看看证件，又注视了一下我。脑子里突然闪出：武警的眼神这么熟悉！

2时50分开始边检放行。我看了一眼手表，还有几分钟，正准备排队过关时，发现行李箱留在的士车尾箱里，没拿下来。丈夫的脸刷地一下红了，着急地又捶腿又蹬足。

我理解丈夫为什么这样难受，因为这种过失，从未在他身上发生过。别说遗失衣物这么小的事，就是以往工作上的大事，我也没听说过他有什么失误。他的内疚，不是心疼几件衣物，而是不能原谅自己的疏漏。

看到丈夫那自责的神情，我惊恐了，如果丈夫不能平静下来，否则血压上升，导至血管爆裂中风……后悔自己没有坚持随身携带药物，而让丈夫将救命药放在行李箱里了。怎么办？虽然我内心，急得像热锅上的蚂蚁，但我仍异乎寻常地冷静，和颜细语地安慰丈夫，说我来想办法。

丈夫随我又走出大厅，站在门外，不断向路过的行人询问：是否有人送行李来？又四处张望，察看那辆眼熟的士，是否来找我们了？

我们异样的表情和行动，引起了那位执勤武警的注意，我发现了他警觉的目光，脑子里又闪出：这眼神好熟悉！对，找他，这是唯一的办法和出路。没料到，那年轻威严的武警走过来问："有事吗？"

他语调低沉平静，给了我希望。我迎上去，着急地对他说："我们的行李箱留在的士上了。"

武警听了我的话，他那双敏锐的眼睛，迅速扫了我们一眼。我在那一瞬间闪烁的眼神中，感应到曾领受过的体谅和关心。他不动声色地说："请你们等等！"他走到边检关口前，对一位工作人员说着什么，又回到执勤岗位。我看到他的名牌上写着"冯健康"。不久，出来了俩位警官：一位是女警官，名牌上写着"古唯云"，另一位警官的名牌上写着"田鹏飞"。

警官田鹏飞、古唯云，及有关边防检查站人员，通过网络、电话等追寻询问几家的士公司，又翻看出境大楼门外这个时段的监控录相。与此同时，一方面细心安抚我们，一方面做紧急抢救的医疗准备。边检站官兵认真负责、有条不紊的调查寻找，不到 15 分钟，就找到了我们的行李箱。

失而复得的行李，不仅让我拿到救命药，也迅速化解了丈夫的内疚感，防止了意外发生。我按捺不住心中的喜悦和感激，不停地说："谢谢，谢谢！真的非常感谢！"

两位武警却说："这是我们应该做的！"

2015 年 3 月 7 日，距今已过去 4 年多了，每当节假日，我和丈夫与儿孙们团聚一堂，那天伦之乐的欢笑，渗透着对肇庆边防检查站官兵的感激之情！

与肇庆边防检查站的警官合影。左起：卢贤栋、田鹏飞警官、徐天侠、古唯云警官

我们获肇庆边防站的邀请，出席边防站举办的先进典型访谈活动，女儿卢刚陪我们由香港去肇庆，徐天侠在台上讲自己参加活动的感受。

参观边防站流动图书馆。

马义政委陪同我们参观边防站战士夜间的军训。前排左起：两位战士、女战士、徐天侠、卢贤栋、卢刚、马义、两位战士；后排右一为负责与我们联络的张先生。

<6>

上世纪 50 年代初，我于湖南省衡阳市参军，成为中国人民解放军公安十九师政治部文工队宣传员。

2015 年 3 月初，我和丈夫第一次到肇庆，第一次接触肇庆边防检查站的官兵，对他们的言行、神情，竟是那么熟悉、亲切。是因为 65 年前，我接触到的边防战士、在军队一起工作生活的大哥哥大姐姐，我一直都牢牢记在心里。

虽然，过去和现在相距 65 年，各位又都有自己独特个性。但是，他们有一个共同的神圣使命——保家卫国，他们都是人民的子弟兵，都有一颗为人民服务的心！

2015 年 9 月 16 日，我接受广东卫视访问时说："有些事，会随时间的流失而淡忘；有些事，会随时间的递增而加深……"

生活的历练使我领悟到，有些事"随时日的久长愈显珍贵"。

我不会忘怀，65 年前在军队的岁月；我不会忘怀，4 年前我遇见的肇庆边防检查站的官兵！

徐天侠接受广东卫视林俊导演访问时说："有些事，会随时间的流失而淡忘；有些事，会随时间的递增而加深，随时日的久长愈显珍贵。"

广东卫视摄制的节目《凡人大爱》，卢贤栋、徐天侠、卢刚由香港去肇庆出席边防检查站的活动，古唯云警官在火车站迎接。

24. 来自母亲的动力

<1>

撰写书籍，不是最艰辛的工作，也绝非轻松的事。我能坚持抒写，是因为我有两位得力的好帮手。

我的丈夫卢贤栋，是其中一位。他务实的思维方式，使他在决定一件事的做与否时，只会从现实具体状况着眼：一是一、二是二，不会渗入"假设、如果"。他学理工的头脑，逻辑性强，加上从小练得一手漂亮的字等等。丈夫这些特点，正是我欠缺的。

最主要的还是他有心，我做的每一件事，他总是尽心尽力助我完成。我也习惯了，事无大小，哪怕是一点想法、一个意念，都会告诉他，和他磋商探讨。而他在说出自己的看法前，总会事先声明：最后你自己作出什么决定，我都会支持。让我感动的是，他怕我潦草的字别人看不清，认错语句误解内容，影响书的质素，主动把我撰写的草稿抄写一遍。

在抄写过程中，发现错漏或用词不当，又会和我商讨修改，实际上起到了审稿的作用。

另一位是我的女儿卢刚。她除了负责把她父亲整理抄写好的手稿，转成电子版的 Word 文件外，遇到特殊情况，她还得帮我做很多其他工作。如我准备写有关环保的书，她要负责帮我搜集资料，让我能较全面了解从事环保工作的"光大国际"，较准确地认识环保有关的知识。她负责安排好我要访问的人及参观的环保单位，然后陪我采访那些工作在第一线的环保战士，陪我到不同的环保垃圾焚烧发电厂去参观，其中还有正在施工的环保项目。

这样，我便能在理性认识的基础上，通过亲身实地考察体验，产生对环保事业的热爱、对环保战士的敬佩。从而，把感性的真情实意抒写出来，与人们共享。《朝阳——我的环保情缘》就是这样写出来的。

由于有卢刚操劳奔波，以及她一丝不苟的责任心，《朝阳》一书得以顺利出版发行。

<2>

今年是香港作家联会创会 30 周年，将举办不同类别的庆祝活动。出版会员作品专号，是其中一个项目。为了表达喜悦和祝贺的心意，我很快写好了文章，正要给卢刚打电话，请她帮我把手稿转电子版。真巧，卢刚来电话了。

我颇得意地对着话筒说："找曹操，曹操到！"

卢刚从我的语气中，听出了我轻快的心情，说："什么事，妈咪心情这么好？"

"我正要找你，你就来电话了！说明母女心心相印，这是其一；给作联的文章写好了，是其二……"

我正在想下面要说的话，女儿接下来也轻快地说："还有其三？"

我笑着说："当然有，听到你叫'妈咪'的声音，心里比什么都甜……"我听到电话里传来一位男士的声音，可能找卢刚问工作上的事。

卢刚忙说："您等等，别挂线。"过了一会，电话里又传来卢刚的声音，"您找我有什么事？"我正要回答，她自己说了："是您的文章要转电子版吧？"听到我说"正是"，又接着说："家务助理走了，新的最快也要四个月后才能来，剑峰最近又特别忙，家里的事跟本派不上用场……"

我打断她的话，带点责怪的语气说："你不早说，我和你爸总可以帮你分担一点家务。"

没想到电话里竟传来女儿的笑声："我没有去照顾爸妈，反倒要爸妈给我分担！放心吧，没事！您要的文章转电子版，如果不急，等我忙过了这阵子，行吗？"

我急急地："行行，没问题，不说了，别影响你工作。"

女儿怕我挂电话，也急忙说："您现在把文章传真过来，我在传真机旁等着。"我正要说"不急"，她已挂断了电话，我只得将文章传真给她。

我知道，以前女儿帮我把手稿转电子版，都是利用工余时间：中午不休息，下班晚回家，节假日加班。肩和手由于疲劳过度，有时会隐隐地痛。最近她公务又特别忙，再加上家务助理走了，连抹地熨衫等家务都得她做，哪能再要她为我加班加点！就是铁人也会压出病。我既不能与女儿分担家务，就更不应再给她增添压力。怎么办？

丈夫坐在靠窗的梳化上，翻看报纸，见我已发完传真，问我："要小刚给作联的文章转电子版？"

我回答："是。"接着，把与女儿通电话的内容，告诉丈夫。

　　贤栋放下报纸，好像在思考什么，指着正对挂墙玻璃饰柜的椅子（我的专座），要我坐下，看我坐定，若有所思地说："我认为，现在我们应该学点新知识了！"

　　我不耐烦地："我说东，你讲西，不会是得了老年痴呆症吧？"

　　我的表情大概很逗乐，丈夫忍住笑说："先别急，听我往下说……"

　　好奇心压住了我的急躁，较平和地："好，好，静听高见！"

　　贤栋往下说："几年前，一位儿协的朋友。"

　　我插话道："儿协的会员都是我的朋友！"

　　贤栋露出一丝笑意，接着说："一位女作家，好像姓宋……"看着我，等我确定。

　　"宋诒瑞女士，对吗？"丈夫到底想说什么，闷胡芦里卖的什么药？还是耐心静听吧！

　　"对，宋诒瑞女士。你告诉我，她向你建议，学习在电脑上使用手写板写文章。你当时对我说，第一，你没时间，要写书又要跳舞；第二，学了也没用。现在，你应该多出一些时间了，况且你急需用。卢刚现在没有时间，不能即时帮你把手稿转电子版。"

　　丈夫和我生活了50多年，对我确实了解，可说瞭如指掌。他知道，对于新事物、新知识，我还是愿意学的。就是有两个先决条件：一是有强烈兴趣，二是急需派上用场。如学拉丁舞：一学就是8年，从基础理论、基本步法开始学，经几位国际资深考试官考核，由金、银、铜章起考，一级一级考核，直到最高级，成为英国国际舞蹈教师协会院士，是爱好有兴趣；学英文，是因与美国合拍电影，需用英语沟通。现在要我在电脑上使用手写板抒写，丈夫认为正是时候，预计我会痛快接受。没料到，我不仅没有即时表态，还露出犹疑不决的表情。

　　丈夫急切地问："你有什么想法？"

　　我吞吞吐吐地："照常理，是不应该再给小刚增加额外工作负担，你知道，我对电子这门科目特别发怵，从小就缺这根筋。手机已普及到几岁小童，可我就是不会，也不想花心思学，因为你会……"

　　贤栋打断我的话："你不是已学会了用电脑，还能上网查找资料！"

　　"那是有你耐心教我。在电脑上使用手写板写字，你和我一样：一无所知！七老八十的阿婆，还学什么，算啦！给作联的文章，花点钱请人转电子版。解决了，不讨论了！"我颇轻松地说。

出乎意料，贤栋竟说："我也可以学，和你一起学！"

"别搞笑了，咱俩还是多花些时间叹世界、享受生活吧！"我仍轻松地。站起来，准备到厨房洗菜。

贤栋也蹭地立起，即刻又坐下，可能压住了心中的不满，和颜悦色地："坐下，坐下，还没讨论完哩！"

"讨论完了，解决了！"我嘻皮笑脸地，起身又想走……

丈夫稍微提高声音："那以后哩？以后还推给小刚？"

我听出了他的不满，不太自信地辩驳说："不找女儿小刚，孙女天方可以帮我……"

"你别给孙女增加负担，她要尽快适应香港的生活和学习环境，要在一年的时间里，完成金融专业研究生的课程……"

我没让丈夫讲下去，有点惭愧地说："确实，我没想那么多，可能我太自私了，只注重自己的事。好啦，我保证：不再给女儿添压力，也不会要孙女帮我做事。你就放心吧！至于自己学习的问题……再想想吧！"

"还有什么好想的？"听丈夫的语气，真的生气了！他沉默了片刻，看我也默默不语地瞪着他，接着说："你母亲八十好几了，还每天背记英文单字，你不会不记得吧？"

没想到，丈夫会将我学习的事，和母亲背记英文单字联系起来，我目瞪口呆了！母亲在世时，天雄姐和天武弟都曾告诉我们：母亲戴着两千多度的近视眼镜，再加上一个放大镜，每天一早起床就捧着英文字典背记。怎会忘记！我抬头凝视着挂墙玻璃饰柜里，母亲的相，母亲当时用的放大镜，就陈列在相的前面！用意就是要自己和我的儿孙们谨记：母亲活到老学到老、孜孜不倦、刻苦学习的精神，鞭策自己持续学习、不断上进！

贤栋见我默默沉思的神情，轻声且柔和地说："你现在比那时的母亲还年轻几岁，戴的也只是普通的老花镜。"

我自觉惭愧，坚定地说："学，一定要尽快学会、学好！"

<3>

贤栋的生活很有规律，可说几十年不变：每天清晨 6 时起床，开启电脑，等漱洗完，再上网看新闻、天气预告，查看信箱有否新邮件，然后出去运动及游泳；回到家，如果我已起身没赖床，便一边做早饭一边给我报道新闻和天气。

今早贤栋回家，见我已坐在桌前抒写，一改他每天早晨的"广播"程序，即刻告诉我小刚发来的邮件：给作联的文章电子版《老人与小孩》（此文已刊载于《香港作家》期刊 2018 年 10 月）。另附言："因是庆祝作联创会 30 周年的会员作品专号，有截稿期限，为让妈咪安心，连夜赶制。"

我听了心里不是滋味，心痛地："这孩子……我说了不急用，哪能不睡觉！白天还要上班，下班了还得赶回家料理孩子吃喝……早知这样，不该把文章传真给她。快给小刚发个微信："要她午休抓紧时间，在办公室闭会眼！"

又是吃午饭的时间了。照例，我在"多用桌"（看书、写字、吃饭）上摆好两副餐具，坐在桌旁，静候丈夫外买午餐回来，今天等的时间好像长了一点，可能需采购的物品多，也许是排队交银的人龙长……总之，别浪废时间傻等。

顺手拿来放在桌上另一边的免费报纸，看看卢永雄写的社论。作为读者，颇欣赏卢先生的文章。社论往往在引经据典中，解说现实的一件事，论证他的一个观点，拉出去收回来，都恰到好处；不烦琐、不教条，深入浅出，文中有物、物中有意，文理清楚，知识性强……

正在我翻寻卢先生的文章时，丈夫满载而归：两手各提着一个环保袋，里面放满食物和家居日常用品。我真心实意地说："辛苦你了，老公！"

贤栋听了我感激的话，幽默地："为老婆服务，何惧辛苦！"在笑声中放下环保袋，拿出一本书给我看，说："从今天起，我俩就依据这本微软工具书，开始学习。"

贤栋为我俩的学习订的计划：第一步，他先研读工具书，把有关使用手写板写字的章节选出来，以免我"大海捞针"；第二步，他照书中说明，在电脑上实践；第三步，等他搞懂摸熟，再教我。丈夫想得真周到，我可集中思想写书了。

在进行第二步时，贤栋发现了问题：缺软硬件。通过电脑搜寻，在湾仔的电子城商场买到了电子手写板。依据说明，结合工具书的指引，反复实践，贤栋终于搞懂了使用方法。

我按贤栋总结的使用程序，练习写字。自认练得差不多了，便拿我已写好的文章，在电脑上使用手写板再写一次成为电子版。在写的过程中，遇到问题，就问贤栋，贤栋便翻书找答案，然后在电脑上验证，确定对了便教我。就这样，进行了好几个回合，我终于搞懂并解决了几个具体问题：删改、换行、空行、空格、将字左右移动等。

<4>

在电脑上我用手写板写的第一篇文章是《满怀激情忆亲人》。当全文顺畅完成时，内心涌出一股强烈的情感，那是多年前曾有过的：独特的成就感！

孙儿家铭和他家姐感情很好，别看晓芝只比弟弟大两岁，照顾弟弟，可说无微不至。慢慢，弟弟形成对家姐的过分依赖。晓芝上小学后，剩下家铭一人在幼儿园，缺乏独立、自信的弱点逐渐浮现。我们和幼儿园老师的看法取得一致：从各方面，尽快培养家铭的独立性和自信心。参加英语和普通话比赛，是其中的方法之一。

2010年5月中下旬，我带领家铭分别参加了两场比赛：一场是在上环文娱中心举行的英语比赛；另一场，是在九龙观塘基督教家庭服务中心礼堂，举行的普通话比赛。我与其他家长一样，坐在台下观看，紧张得不停默念：孙儿的鼻子千万别酸、眼睛千万别红、小嘴千万别撇……没料到，孙儿这些要哭叫的前奏，不但没有在脸上出现；相反，我看到孙儿不用老师拉手陪同，勇敢地独自走上舞台中央，不慌不忙地将脚挪到黄色交叉符号上（规定的站立地点），预示开始的铃声一响，即刻向观众鞠躬，接着说："My name is 厉家铭……"那无可比拟的神情，渗透着自信！压在我心上的石头终于落地了。家铭冲出了胆怯的束缚，绽放着男子的豪气！

听完孙儿的朗诵，我内心涌出一股强烈的情感。这感触，不同于我以前塑造了一个角色、写完一篇文章的一时的喜悦；而是觉着自己为孙儿健康成长，做好了一件大事，那种独特的成就感！

相距近十年之久，因不同的事，却产生相同的那独特的成就感，应是人生一大幸福！

感谢母亲生我育我！在我儿孙满堂、年已八十之际，仍赐给我学习的动力，感谢母亲！

母亲徐国英，1927年于南京中央大学数学系本科毕业时摄。

25. 逃难

<1>

我出生在湖南省长沙市近郊的一个小乡镇：柏嘉山。

母亲徐国英，出身书乡名府。1927 年，母亲于国立中央大学数学系本科毕业。工作后，将小她十多岁的细妹——冬姨又送进大学深造。我、天雄姐、天武弟和冬姨都跟随母亲，住在柏嘉山外公的大屋里，与大舅妈、三舅妈各住一边厢房。大屋对面隔条街，外公还有一栋小屋，是堆放杂物及做饭的厨房，各家独自开伙。大屋的厅堂，是各家孩子聚集玩耍的地方，一会有孩子笑，一会有孩子哭……真是自在又欢乐！

表兄们去"私塾"上学，读那些"人之初性本善"的古书，见他们上学时的得意样，我和天雄姐就会怪母亲不给我俩去。母亲为了要我们听话，有一次脱去自己的鞋袜，给我们看她那被裹脚布捆绑过的脚，既不像大舅妈、三舅妈走路慢吞吞细小的脚，大人说是"三寸金莲"；又不像冬姨那样正常的脚，母亲的脚仍留有捆绑包裹过的痕迹。冬姨告诉我们，母亲自己偷偷把裹脚布拆开，就成了现在的"解放脚"。母亲说"私塾"、把脚裹成"三寸金莲"都是旧事物，我们也就无话可说了。

我和天雄姐自得其乐，跟在去"私塾"上学的表兄们后面，唱着冬姨教我们的歌："小呀么小二郎，背着那书包上学堂，不怕太阳晒哎，也不怕那风雨狂，只怕先生打零蛋哟，无脸见爹娘。"当表兄轰我们走时，会假意回家，等他们进了课堂，又会偷偷溜过去躲在课堂外，偷看室内上课，有时会看到学生背不出书遭先生打手板，我们总希望看到一位表兄被先生打手板，那多开心呀！可希望老是落空。

<2>

上个世纪 40 年代初，长沙沦陷，小日本鬼子侵占了长沙，却没能侵占衡阳。

不久，长沙市近郊的乡镇、农村，也遭日本侵略军烧杀抢掠。母亲告诉我们，曾经带过我的奶妈，在被日本鬼子追捉时，毅然跳进路边的水塘……

不知为什么，母亲硬把我和姐姐、还有冬姨的长头发，剪得跟天武弟弟的头发一样短；又不知为什么，冬姨白里透红的脸，抹了一层黑灰，是煮饭时在灶里烧的木柴变出的黑灰。

母亲带着我们姊弟和冬姨逃难：躲避日本侵略军。一路上，有不少像我们这样的家庭，朝衡阳方向的农村、荒野走去……

请来的挑夫担着箩筐，一边箩筐里放着日用品，一边箩筐里坐着天武弟。母亲和冬姨各自提了个包压后；只比我大三岁的天雄姐，一手牵着我，一手提了个小包，我另一只手也提了个小包，我俩默默地跟着挑夫走。

天武弟在箩筐里向我们扭过头，转溜着大眼，弟弟知道我最爱笑，小不丁点的事，都能把我逗得前呼后仰笑个不停。突然，弟弟朝我俩又扮鬼脸、又打手势，想逗我笑，我笑不出来，真的笑不出……这是我第一次不想笑，第一次笑不出……

自从知道给我吃她的奶、带我长大的奶妈，跳进水塘被日本鬼开枪打死后，我就笑不出了，老是在想：奶妈真的再不会来看我了？再不会给我送来甜甜的水蜜桃、香喷喷的腊肉？再不会……？

姐姐感觉到我想从她手掌中抽出手，朝我侧过脸，看到我强忍着哭泣的神情，惊恐地问："妹妹怎么啦？"

我没有即时回答，用抽出来的手揉了揉眼睛，仍继续跟着挑夫走，走了几步，我轻轻地问："奶妈真的死了？"

姐姐又拉住我的手牵着我，也细声回答："奶妈真的死了……"

我仍轻轻地："奶妈真的死了！死……什么是死？"

姐姐没有马上回答，牵着我往前走了几步后放慢脚步，脸又朝我转过来，姐姐睁大眼盯住我，我垂下眼睛，滚动的泪水流出眼窝……姐姐松开牵着我的手，轻轻抹去我脸上的泪水，又拉住我的手稍稍加快脚步，继续往前走……姐姐不太肯定地、像跟我说悄悄话一样："死……就是人没有了，奶妈没有了，我们再看不到奶妈了……"

我轻轻地呜咽着重复道："没有了，奶妈没有了，再见不到奶妈了……"我止住呜咽，又从姐姐牵着的手中抽出手，用衣袖擦去脸上的泪水，仍轻轻地、恨恨地："日本侵略军不是好人，是坏人！"在我稚嫩的情感里，萌生出实实在在的爱与恨！

注：此文曾刊载在香港儿童文艺协会出版的书籍《香港百人童年》。

上世纪 50 年代中摄于湖南衡阳，左为徐天侠，中为母亲徐国英，右为弟弟徐天武（我和弟弟随母亲姓）。

姐姐易天雄（随父亲姓）和姐夫曲江春，姐姐、姐夫都是现役军人。

26. 缅怀曾敏之先生

我和曾敏之先生并不熟，但他的名字早在 40 多年前就留在我的记忆中。

70 年代改革开放初期，当时北京一家报社的记者要写卢绪章老先生有关解放前做地下工作时的文章而访问了卢老的儿子卢贤栋（我的丈夫），事后我们向卢老谈到这次访问的情况。他一直默默地听着，最后才问我们：记者是男的还是女的？

贤栋如实回答说："是女的。"

我有点疑惑地轻轻笑了一下，心想访问与记者的性别有什么关系？

卢老大概意会到我笑声中的疑问，笑笑说："说起记者我想到了一位专访过恩来同志的年轻人，叫曾敏之……"

由于卢绪章与周恩来在重庆时的工作关系，有关周恩来的文章他当然会细心研读。而且当时，这是中国新闻记者第一个以大量材料，评述了国共两党和平谈判的真相和经历的文章。卢老赞赏这篇文章及记者，多年后他仍还记得记者叫曾敏之。

没想到数十年后，我竟成为曾敏之先生参与创立的香港作家联会会员。曾敏之先生可说是我的既陌生又熟悉的老师。

深切缅怀您——曾敏之老师。

2015 年元月 8 日

注：此文曾刊载在《香港作家》期刊。

徐天侠与丈夫卢贤栋参加作家联会的活动。

站着讲话的是作联的创始人之一、第一任会长曾敏之先生。

27. 绝视——怀念著名作家陶然

<1>

今天是星期日，窗外阳光明媚，柔和的春风，将平台花园的鸟语花香送入房内。剑峰公司有事，小刚独自带着两个孩子来看望我们，一起去酒楼饮茶，初春的气息，又增添了温馨的亲情。

我坐在健康椅上，椅子右边立着我的"四脚拐扙"（有四个支撑点），微微舒展直双腿，闭目养神，等候孩子到来。贤栋坐在门旁的电脑前，上网看新闻。我隐约听到叫"公公婆婆"，虽然很轻，但孙儿孙女那清甜的声音，再轻再远我都能听到。贤栋当然和我一样，没等我开口，他就蹭地立起，转身开门。

他们一进房门，孙儿指着我的"四脚拐扙"说："婆婆的拐扙好得意！"顿时，大家的注意力，都集中在我的拐扙上。

我侧过脸看拐扙，不知所以地："有什么得意？"

孙女嘻笑着说："拐扙落地的四个支撑点，系着红的绿的塑料绳，还有黄色的胶纸……嘻嘻……"

女儿也忍不住笑了，幽默地问："妈咪为什么把拐扙的脚五花大绑？"

贤栋无可奈何地，只好把他怎么帮我整治拐扙，怎么将磨损得高低不平的四个支撑点，左绑右系由头到尾说了一遍。

女儿认真地说："这怎么行？走着走着塑料绳断了、塑料纸松开了……"

两个孩子你一言我一语：孙女说"绳断了、胶纸裂开了，婆婆就会跌倒骨裂"；孙儿说"婆婆就得住医院动手术！"他们都知道，我最怕住医院做手术。

"饮完茶，我陪您去杏花邨买。"女儿不容我反驳地说，因为我现在用的拐扙，就是她陪我去买的。

丈夫找到了知音，忙接着说："我提醒了好多次，就是不听，还说愈用愈顺手，我说你是越老越固执！真是长不大的老小孩……"要不是孩子们打圆场，且数落没完。

在众人的说服下，我不得不放弃现在的"五花大绑"的拐扙。共同商议：另择时日，由公公陪婆婆去杏花邨买新拐扙。

<2>

今天是 2019 年 3 月 6 日，距孩子们敦促我买新拐扙的时间，又过了好几天，这阵子毛毛细雨下个不停，真是春雨潇潇。吃完早饭，贤栋有点不耐烦地说："别等晴天了，去杏花邨坐地铁或的士都不会淋雨，现在就走，拐扙买回来，大家都安心了。

我们在杏花邨商场，从售健康用品的商店出来，已是下午 2 点钟了，我建议去商场酒楼饮下午茶，贤栋走得快，先行去占位。

我慢悠悠地（孙女形容我动作慢的用语）走着，可能是心理因素作怪，一看见酒楼突然急着要去洗手间，慌忙经过服务台，进入顾客饮茶吃饭的大堂，一眼看到前面出口处旁的洗手间，心里踏实了，好像也不那么急需了，便举目寻找丈夫，看到约十来米的左侧，贤栋坐在桌旁翻阅菜单。我边走边向右边扫了一眼，与贤栋的位置横向相距约三张桌的卡位上，看见陶然与对面的一位先生交谈，从背后看像潘耀明先生。正在这时，陶然先生转过视线朝我这边看，我们双目对视，我正要露出表达"你好"的笑容，陶然却转移了视线。心想：距离这么远，可能没看清，没认出我，反正我也急着去洗手间，等回来再去问候。

我回来后，看到卡位上已坐了四位新顾客。我问贤栋："陶然他们什么时候离开的？"

贤栋一头雾水地望着我："我没遇见他……"

我拍拍自己的头"嗨"了一声说："是自己糊涂了，我没告诉你进酒楼时，看见陶然和潘耀明坐在那边。"指指已坐着陌生人的卡位。有点遗憾地："原本想去完洗手间，回来再去和他们打招呼……"

贤栋察觉出我心绪有点不悦，安慰道："你们作联很快就要举行会员大会了，老朋友又将欢聚一堂，不用遗憾了。"

说得也对，反正很快就要见面了，没什么好遗憾的。

<3>

今天是 2019 年 3 月 9 日，新拐扙已用了三天，比那"五花大绑"的"四脚拐扙"还轻巧顺手。吃完早饭，贤栋照例休息片刻，上网看新闻，我则在厨房洗碗筷搞清洁。

突然，听到丈夫发出"喔唷"的惊愕声，我扔下手中的抹布，转身抓住厨房门框，正要冲过去，听到贤栋沉痛地说："真没料到，还这么年轻……"

我轻轻嘘了口气，放下心头大石：丈夫身体没有不适，"警报"解除了，才感到腰部骨关节的痛疼。我靠着厨房门框，两手按摩腰部，关切地问："谁呀？什么事？"

贤栋没有回答，只招了下手，要我过去看，他没看到我现在的痛苦样。也好，何必相互吓来吓去，咬咬牙，一会儿就好了。我"慢悠悠"地走到丈夫旁，看到网上的文章，我也不由自主地愕然"喔唷"一声。文章的标题是："香港名作家陶然猝逝，享年 76 岁"……

我与陶然先生接触不多，只是在作联举办活动中碰面，打个招呼或寒暄几句。我喜爱照相留念。遇到内地文化界的学者或官员来香港访问，和作联交流座谈，我会邀请陶然与我和嘉宾合影，有时也会邀请作联的老朋友一起合照。每次，陶然总是那么随和地："好，好，没问题！"我保存了一张于 2013 年作联新春联欢晚会时，我与陶然和张诗剑两位会友的合影。

2019 年 3 月 6 日下午两点多，在杏花邨酒楼，我与陶然先生那几秒的对视，没想到竟成了最后的绝视！

这"绝视"，让我再次领悟到：人生短暂，要珍惜时间，珍惜身边的亲朋戚友；抓住每一个表述思想情感的机遇，机不可失，时不再来！

名作家陶然猝逝，深感悲痛！陶然先生的文学著作，他为人处世正直谦和的品德，将永远在人世间绽放光和热！

2019 年 3 月 12 日

台上右二是陶然，左三是潘耀明。

左起：作聯朋友张继征、徐天侠、作家王蒙、卢贤栋

卢贤栋、徐天侠参加香港作家联会的活动，徐天侠与著名作家陶然（左）、
著名作家张诗剑（中）合影。

左起：徐天侠、作家白先勇、卢贤栋

28. 新结识的老友——怀念导演许雷

<1>

2018 年 8 月 8 日下午，在香港的家里上网寻找资料在"徐天侠的栏目"有关"陌生的朋友"一项中，看到一句话：纪念百年电影，悼念导演"许雷"，我不由自主地说出来："许雷过世了？"

坐在桌旁写支票的丈夫，听到我不寻常的惊讶话语，立即走过来，看电脑里网上显现的内容："徐天侠……'陌生的朋友'，不会是同名，应该是你们的许雷……"尽管我不敢相信，或是不愿相信，这确是实事。

1987 年我来到香港，在一个完全陌生的环境里，寻觅自己存在的价值，确实需要勇气。在家人、朋友（包括许雷选择了我的剧本这一事实）鼓励和关怀下，我迈出了艰难的一步：开始融入香港社会。当时对内地电影界的事完全没有精力、也没有心思去过问。儿影的老领导和朋友也许不认识许雷，或是不想告诉我这不幸的消息。

转眼三十年过去了，脑海里浮现出和许雷相处的情景……

<2>

那是上世纪 70 年代末，北京电影制片厂编导室的导演许雷，决定接拍我编写的电影文学剧本《陌生的朋友》。

我说的"新"，是因为对"许雷"这个名字很少听说，对这位导演一无所知。但是通过有数的几次交谈讨论剧本，发现我们沟通非常顺畅，表达的想法相互很容易理解，加上共同的兴趣爱好，这位新结识的陌生导演就似早已相识的老友。特别是对"美"的理解和探索，这应该是许雷看上我这位"初哥"的剧本的根本原因。

许雷于上世纪 60 年代初在北京电影学院导演系毕业，《陌生的朋友》是他执导的第一部电影。1983 年电影《陌生的朋友》上演后，得到观众的喜爱、专家的认同、国际的赞誉。当初他选择了这个剧本，需要多大的勇气！透过那绽放的勇气，我强烈地感受到他对自我价值的认定。

<3>

在进行《陌生的朋友》拍摄准备的案头工作时，我还在儿童剧院工作，每天有日常的排练，只能等下班后和许雷交谈讨论剧本，而他又要接放学的孩子回家，我得从东单乘公交车赶往芭蕾舞剧团——他太太的宿舍。宿舍的格式与北影厂一般职工住的差不多：两户合住一个单位，各住一间房，共享厨房厕所。

　　每次到达他家时，都会听到不同的音乐：有电影插曲《天山上的红花》、或西方古典音乐《蓝色多瑙河》。孩子则坐在书桌旁看小人书或写字。有一次，看到许雷坐在床边，轻轻哼着播放的乐曲哄孩子睡觉，眼见这情景，我自然不能张口出声，可许雷像对孩子说话似地轻柔地说："没关系，你说吧，孩子困了，天塌下来都不会醒！"我这个在舞台上摸爬滚打习惯了大声嚷嚷喊叫的演员，竟然能压低嗓门细声细语地说话——奇迹，当然是这个和蔼的年轻爸爸对孩子的疼爱感染了我。虽然我对自己的两个孩子不似这位爸爸般温柔，但身为父母，对子女的疼爱是共同的、相通的。

<4>

　　许雷是位有毅力、有担当、有追求的男子汉！又是一位心地善良、性格柔和的谦谦君子！

　　2004 年至今，导演许雷离开我们已整整 14 年了，深切怀念新结识的老友许雷！

上世纪 80 年代初，许雷执导的电影《陌生的朋友》获第三十三届西柏林国际电影节：特别奖。我们在北京机场欢迎载誉回京的许雷导演。前排左起：影片女主角李玲、编剧徐天侠、北影厂副厂长史林；后排左起：导演许雷、北影厂厂长汪洋、文化部领导

徐天侠举着西柏林国际电影节颁给
电影《陌生的朋友》奖状的相片，
是北京电影制片厂与外国合拍纪录
片《穿越中国的长跑》介绍编导徐
天侠时而拍。此纪录片获 1987 年
美国休斯敦纪录片大奖。

徐天侠在拍摄纪录片期间。

徐天侠在筹备拍摄纪录片期间与丈夫卢贤栋的合影。

29. 情系心中（二）

<1>

卢贤栋与徐天侠结婚了，两位的人生历程，从此交织融汇在一起。

上世纪 50 年代末，徐天侠知道了北京电影制片厂演员剧团录取了她，即刻去
天安门广场照了张相，加印三张：一张寄给在衡阳铁路中学教书的母亲徐国英
和弟弟徐天武，一张寄给在新疆军队工作的天雄姐，第三张寄给在湖南长沙
309 队工作的卢贤栋。

卢贤栋与徐天侠结婚前，摄于夏天的北京北海公园。

结婚前摄于卢贤栋北京的家中。

卢贤栋的母亲毛梅影，带同贤栋的弟妹及徐天侠特意到王府井的北京照像馆照的相。

北影演员剧团，徐天侠等众年轻演员与剧团的老演员及领导合影，中间排右二是徐天侠。

1960 年 1 月 18 日，卢贤栋与徐天侠在北京西城区登记结婚的结婚证。

卢贤栋与徐天侠的结婚照。

1960 年冬，摄于北海公园。

1960 年冬，天安门广场。

敬祝伟大的领袖
毛主席万寿无疆

1969年卢贤栋带同妻子徐天侠及两个孩子去"五七干校"前，
与帮他们带孩子的公公婆婆合影。

徐天侠抱着才八个月的小女儿
卢刚。

"五七干校"的文艺宣传队的队员，
前排右一是徐天侠。

徐天侠在"五七干校"。

70年代初，卢贤栋由"五七干校"调回北京第三研究所，徐天侠也回到原单位中国儿童艺术剧院，假日一家人在地安门的地坛公园游玩。

1985 年卢贤栋赴港工作前，与妻儿在北京和平里的家中合影。

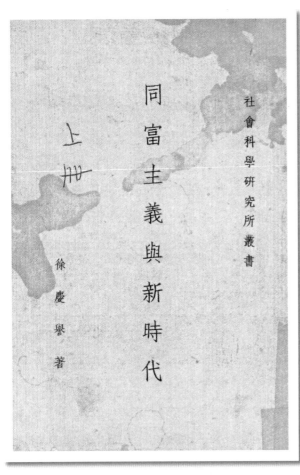

上世纪80年代初,徐天侠赴美国公干时,探望在美国纽约定居的舅父徐庆誉。舅父告诉她,前两年卢贤栋来纽约公干时,曾来探访,舅父对贤栋的印象很好,说贤栋有学识、健谈,对侄女找了个好丈夫很觉欣慰。舅父送徐天侠他的著作《同富主义与新时代》。

卢贤栋去纽约公干时，看望了舅父徐庆誉，两人在住房外合影。

徐天侠由美回国路经香港，与丈夫
贤栋团聚，几天后从拱北回京。

"中国原子能工业有限公司"在香港的窗口公司"原能工业有限公司"成立。

从"中国儿童电影制片厂"借调徐天侠赴香港"原能公业有限公司"工作，摄于徐天侠到香港不久。

80年代中，卢贤栋夫妇赴朋友公司商谈工作。

卢贤栋夫妇应"新疆维吾尔自治区对外经济技术合作项目发布会暨新疆开发有限公司开幕典礼"主办机构邀请，因卢贤栋已赴法国公干，徐天侠代卢先生出席开幕典礼，与负责人亲切地进行了交谈。天雄姐带同两个儿子从新疆来香港参加典礼。

80 年代末，卢贤栋夫妇，出席宁波市在香港举办的出口商品洽谈会的开幕酒会。

卢贤栋的大妹卢丽，由美国来香港探视大哥。

80 年代末，核工业部蒋心雄部长赴香港公干，百忙之中特意到原能公司职工宿舍探视。前排中为蒋心雄部长，左为卢贤栋，右为核工业部的干部；后排左起：焦宗润、林益昌、徐天侠、陈国瑞、孟瑞君

卢贤栋陪蒋心雄部长视察。

北京总公司来港公干的干部，前左一为罗斯荣。

原能公司的职工们自己办伙食，大家关系融洽，团结友爱，来公干的领导
赞扬："你们这里是社会主义大家庭！"

卢贤栋与核协会的朋友在港茶叙。左起：核协会的朋友、姜圣阶、徐天侠、
卢贤栋、赵仁恺

上世纪 80 年代末，卢贤栋夫妇出席朋友公司的活动。

1989 年新春，"原能工业有限公司"举办了新年酒会，赴会的有新华社香港分社领导、中国银行港澳管理处、南洋商业银行、华润集团有限公司及叔叔伯伯诸位老前辈。卢贤栋与徐天侠和宾客热情交谈。

徐天侠与新华社香港分社领导乔宗怀交谈。

卢贤栋夫妇与父亲卢绪章的老朋友刘浩清伉俪交谈。

卢贤栋夫妇热情迎接宾客。

卢贤栋夫妇应邀出席新华通讯社香港分社"庆祝中华人民共和国成立四十周年"庆典，与新华社领导及嘉宾合影。

卢贤栋夫妇应邀出席新华通讯社香港分社"庆祝中华人民共和国成立
四十一周年"庆典，与新华社领导及嘉宾合影。

卢贤栋夫妇应邀出席"香港中国企业协会成立酒会"。

卢贤栋与中国企业协会领导合影。

卢贤栋与出席中国企业协会的两位前辈合影。左起：安子介、卢贤栋、
包玉刚。

徐天侠陪同卢贤栋在北京拜访"中国儿童电影制片厂"开创者于兰厂长及陈锦俶副厂长。左起：陈锦俶、卢贤栋、徐天侠、于兰

我们与于兰厂长在革命老前辈邓颖超女士亲笔书写的"中国儿童电影制片厂"厂牌前合影。

70年代中，中央领导邓颖超女士（二排左五）观看"中国儿童艺术剧院"的演出，剧院领导有任虹（二排左一）、周来（二排左二）、朱漪（二排右一）。一排左二为任演员的徐天侠。

卢贤栋和女儿卢刚到舞蹈学院观看徐天侠考核拉丁舞的金、银、铜章。左起：
卢贤栋、卢刚、徐天侠、国际著名拉丁舞导师及考试官杰克（Jack）、资深
标准舞导师李紫红

徐天侠的拉丁舞职业教师初级资历考试结束后合影。左起：著名资深国际标准
舞导师蒲广汉、徐天侠、国际著名拉丁舞导师及考试官杰克（Jack）、卢贤栋

拉丁舞职业教师中级资历考试结束后，徐天侠和丈夫卢贤栋一起与考试官合影，相片中是国际著名拉丁舞导师及考试官理查德（Richard）。

徐天侠的拉丁舞高级职业教师资历考试结束后合影。左起：徐天侠、国际著名标准舞导师及考试官：安娜·钟斯（Anna Jones）、卢贤栋

卢贤栋夫妇应邀出席中联办新春酒会。左起：徐天侠、卢贤栋、王国建

卢贤栋夫妇应邀出席中联办新春酒会。左起：徐天侠、卢贤栋、卢刚

卢贤栋夫妇应邀出席中联办新春酒会。左起：卢刚、徐天侠、卢贤栋、厉剑峰

由宁波市侨办和宁波文促会举办"徐天侠《老人与小孩》首发式"暨研讨会，
由市侨办副主任赵骏主持。左起：赵柏田、韩成利、于贤德、卢贤栋、陈志孟、
徐天侠、傅丹、陈国强、陈瑜、朱忠祥、卢刚

我在《朝阳——我的环保情缘》新书发布会上，讲自己的创作感想。左起：文促会常务副主席李渐杭、顾问陈勇、徐天侠、卢贤栋、文联主席翁鲁敏、文促会主席傅丹

孙儿家铭赠徐天侠的祝福。左起：厉剑峰、卢贤栋、厉家铭、厉晓芝、徐天侠、陈瑜、卢刚、胡延国

卢贤栋、徐天侠、卢刚应光大国际执董、光大环保能源（杭州）有限公司董事长蔡曙光和杭州环境集团有限公司董事长芦俊的邀请，赴杭州参加杭州环境集团有限公司"十三五"战略规划研讨会。

徐天侠在研讨会上即兴发言说："我与丈夫卢贤栋虽年逾古稀，但依然希望能
为中国的环保事业贡献一份力量！"

杭州环境集团兼光大（杭州）公司副总经理陶敏强，说来也有缘，陶先生原来
是80年代电影《报童》的小观众，一见面就说："我认得你，你是演报童赵
秀的徐天侠。"会议结束后，陶先生陪卢先生一行来到天子岭新八景之一：美
意延英。左起：陶敏强、徐天侠、卢刚、卢贤栋

天子岭另一新景：瑶圃天缘。结婚的年轻男女都会来瑶圃天缘拍婚纱相，卢先生
一行正遇上一对穿婚纱的年轻新郎新娘，心境也变得年轻了，情不自禁地充满爱
意地对视着……

2015/9/22

我们来到天子岭的桂花园林，那种掺和着泥土香味，又被山风稀释了的桂花香，勾起了我对往事的回忆。五十多年前，我和贤栋谈恋爱，他送给我一瓶从外国带回来的香水，我出于好奇，拧开瓶盖……一股奇特的香味朝我袭来，世上有这么奇特的香味吗？！由于我的成长和文化背景，当时我对这类奢侈品还未产生什么喜好，将恋人送的礼物带回家顺手不知放在了何处。香水虽然从未用过，但那种似桂花香又不完全是的奇特香味，却长久留在我的嗅觉记忆中。我因病吃药，身上发出难闻的维生素药味，曾多方寻找那种奇特香味的香水，却一直未遇见。今天终于找到了，找到了五十多年前恋人送我的香水绽放出的那种奇特的香味。陶先生请我们在桂花园林植下了一棵桂花树，我的心情久久不能平静，不是因为很多名人在这里植树留念，而是因为这里是天子岭，是和我有着千丝万缕渊源的杭州天子岭。

香港的电视台《不老传说》节目，主持访问卢贤栋和徐天侠。

徐天侠在商场的服装店选购衣服。当徐天侠说自己喜欢逛服装店时，主持问："对象都是年轻人的服装店？"

徐笑笑，肯定地："是，对象都是年轻人，我不穿阿婆衫……"

主持又问徐的丈夫："卢先生喜欢跳拉丁舞吗？"

主持见卢先生只笑不回答，便问徐："卢贤栋先生喜欢跳拉丁舞吗？"

听到这个问题，又见卢先生稍露得意的笑容，徐天侠开心地笑着说："我先生嘛……"

主持有点奇怪地问："我问的这个问题可笑吗？"

徐收住笑，认真地说："不是你提的问题可笑，而是让我想起了初初教卢先生跳拉丁舞时，他那种矛盾的心态：对跳拉丁舞不感兴趣，又不想使我不高兴、失望。'硬着头皮咬着牙'地跟我学，就是不说'不学、不跳'。我知道他在苏联读书时，苏联同学教过他'那两下子'拉丁舞，所以当我表扬他有'拉丁舞'的功底时，才老实承认自己对跳拉丁舞从未产生过兴趣……"

卢先生接着说："当时跟苏联同学学跳拉丁舞，是任务，迫于无奈——年轻时都没产生过兴趣，现在这大把年纪……"

主持插话道："没兴趣，你可以不跳啊！"

卢先生竟开心地笑起来强调说："不行，不行，我太太喜欢跳，我一定要学会、学好，太太跳到哪里，我陪跳到哪里！"

主持明白了因由地"啊"了一声，也开心地笑起来。

香港的电视台《不老传说》节目，主持访问卢贤栋、徐天侠。

深情同地久，钟爱共天长！

<2>

我们看着孩子们一天天长大，孩子们在成长过程中的千变万化，使我们在惊喜中更感欣慰。虽然自觉一天天在衰老，但我和贤栋的心里却充满幸福、充满阳光。

卢贤栋和徐天侠陪厉剑峰和卢刚去到香港婚姻登记处，登记结婚，
我们的小女儿结婚了。

卢刚喜笑颜开地抱着女儿厉晓芝。

贤栋喜笑颜开地抱着孙女厉晓芝。

卢刚抱着女儿晓芝与父亲卢贤栋随母亲徐天侠参加社区活动，看徐天侠独自表演拉丁舞。

厉剑峰与卢刚的第二个孩子快出世了。

朋友国建带同太太和女儿，到卢刚家看望怀着第二个孩子的卢刚。左起：国建、国建
的夫人、国建的女儿、卢刚、徐天侠、晓芝、天方、卢洪、卢贤栋

卢刚的第二个孩子厉家铭来到人世间，公公婆婆笑逐颜开争抱宝贝孩儿。

家姐晓芝同弟弟家铭高兴地玩耍。

每年给晓芝、家铭过生日，每年都长高不少，知道的事、会说的话也越来越多了。

贤栋满脸喜欣地笑看孙儿、孙女争着亲吻婆婆。

春节大女儿卢洪带着天方从北京来香港和家人团聚。左起：卢洪、卢贤栋、晓芝、天方、家铭、徐天侠、卢刚、厉剑峰

看着三个孩子友爱地一起玩耍，老人很窝心。

剑峰、卢刚带着晓芝去黄金海岸度假，因家铭太小外出不方便，留下给家务助理照看。我和贤栋知道这情况后，一大早来到小刚家，带家铭去游乐场玩，回到家仍陪他玩，孩子特别高兴，好像感激我们似地，不停地给我们做各种手势、表情也多多。

又是一个春节家人团聚，三个孩子都长大了很多。

孙儿家铭长高了。

长高了的家铭还要公公抱抱，旁边的小男孩（剑峰妹妹的儿子）在笑家铭。晓芝在看电脑做功课。

90 年代初徐天侠喜欣地照看大孙女继湘。

90年代初，卢贤栋、徐天侠抱着才几个月的第二个孙女天方。
后排左起：毛毛、虎子（他们是徐天侠的弟弟徐天武与杨秀芳的
儿女）、卢刚。

卢贤栋、徐天侠回北京办事，抽空
带大孙女继湘、第二个孙女天方去
紫竹院公园玩，转眼继湘、天方长
这么大了。

我们与卢刚一起陪晓芝参加钢琴比赛。

我们代剑峰、卢刚参加家铭幼稚园
的亲子活动。

卢贤栋、徐天侠参加晓芝学校的活动。

假日，剑峰、卢刚带孩子行山。

我们在交易广场。

天方、晓芝、家铭都长大了。

卢贤栋、徐天侠带孙女天方游九龙寨城公园，贤栋给我们讲九龙城寨的历史。

晓芝、家铭由阳光少女少男，成长为阳光青年。晓芝在香港大学金融学院学环球金融，家铭今年中学毕业。剑峰、卢刚在两个孩子身上付出的心血见成效了。卢贤栋、徐天侠老怀大慰，心里充满幸福，充满阳光。

<3>

我的母亲徐国英在我和贤栋结婚时给予的赠言：互敬、互爱、同甘共苦、白头偕老。

我与贤栋结婚已有 60 多年了，一起生活、工作，在风风雨雨中，随时代的节奏行进，怀着"明天会比今天更美好"的心态，故我们一直生活得充实美满。

我俩一直在母亲赠言的告诫下，处理有关两人的事。

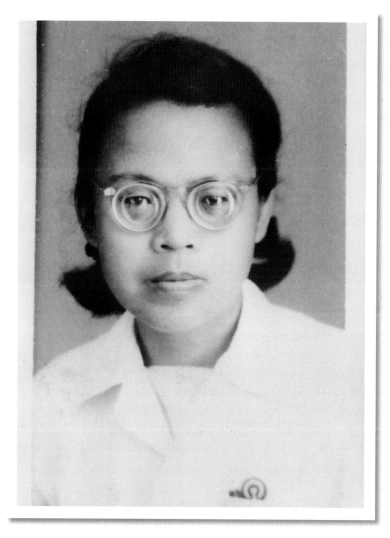

母亲徐国英，于上世纪 50 年代在衡阳铁路中学任教。

60年代末，我带着两个孩子随丈夫卢贤栋去"五七干校"，"安家落户"、劳动锻炼。站立的前排左一为徐天侠，左前排阿姨抱着的是卢刚。

站立的第二排右一，徐天侠抱着卢刚。

"五七干校"文艺宣传队的女士们，右边站立的第一人是徐天侠。

徐天侠为"五七干校"文艺宣传队编写的独幕话剧《一家人》，左边举着南瓜的是徐天侠。

徐天侠编写的独幕话剧《六条鱼》，前面拿着标语的是徐天侠。

徐天侠写的"对口词"：胸怀全球斗天斗地狠斗私，身居草房防风防雨更防修。

干校宣传队演出的革命样板戏《沙家浜》，前排右二是徐天侠。

"五七干校"文艺宣传队去北京汇报演出,抵达北京火车站留影,
前排右边蹲着的第三人是徐天侠。

中央改革开放的战略决策，全国各行各业蒸蒸日上，一片欣欣向荣。文艺领域的创作如雨后春笋。我除了参加剧院正常的排练及演出工作外，还给北影写电影剧本，为了直接全面学习进而掌握拍摄电影的知识，又兼任了北影厂由张华勋导演的武术片《武林志》的副导演；影片完成后，又接拍了外省两集电视剧《乡虹》。

卢贤栋更是快马加鞭，决心将失去的时间找补回来，写文章、写书；为提高参加国际学术交流的效果，在极短的时间里将自己的英语由原来的中学生水平提升到在国际上能用英语进行学术交流的水平。卢贤栋由北京第三研究所调到"中国原子能工业有限公司"工作。1985年组织派卢贤栋赴香港创建窗口公司，通过卢贤栋的努力，在"天时地利人和"的形势下，"中国原子能工业有限公司"在香港的窗口公司"原能工业有限公司"成立。

因应香港工作的需要，"中国原子能工业有限公司"拟由"中国儿童电影制片厂"借调徐天侠到香港窗口公司工作。贤栋告诉我借调这件事时，我只是微笑着说："好，好呀！"其实我心里在想："自个儿想的美。"谁都知道，由国内派往香港工作的，是有名额的，而人们一般都认为去香港工作是肥差，怎么可能把我这位外部的外行又是搞文艺的人调去香港？还要大费周折借调，再说儿影好不容易刚把我调去，于兰厂长能放我走吗？且不说我自己愿不愿意舍弃喜爱的电影事业，我不想给丈夫泼冷水，让他自个儿高兴几天吧！

没想到借调徐天侠的事办成了，我怀着极其矛盾的心情，到儿影厂找到于兰老师，她一眼就看出我有心事，有难言之隐。

于兰老师鼓励我："有什么事，直说，没有解决不了的问题。"

听到她爽快亲切的话，我鼓起勇气把我将去香港的事告诉了她。

于兰老师好像放下心了，思考了片刻，微微笑说："放你走，是我批的……可以理解，你们都已到中年，还分隔两地，儿影当然需要你，你丈夫更需要你，你去香港还可以为儿影做事嘛，就当是儿影对外的窗口！"

1986年冬的一个下午，我来到北影大院内儿影平房的办公室和同事们告别后，往副厂长陈锦俶的办公室走去，她正好开门出来，见到我，一把将我拽进房间，高兴地说："你的机会来了！"接着拿出一个电影剧本仍那么高兴地，"一位资深导演，请你合作导演拍摄这部片，多好的机会！"

听到她说的一席话，看到她发自内心的喜悦，我的脑子一下膨胀起来，面对这个可遇而不可求的机会，怎么办？如果接受，怎么向贤栋交待。

　　陈副厂长见我为难的神情，她应是知道我将去香港的事，急切地说："千载难逢的机会，还考虑什么？过两年再去香港也行嘛！"她把剧本递给我，"你看看剧本，再考虑一下。"

　　为了防止自己动摇，我将剧本还给了陈副厂长。

　　我在家收拾行装，心里除了有点淡淡的失落感外，另有一种强烈的惧怕，自己的电影事业刚刚有了好的开始，本应再接再厉加油干，现在却要舍弃这儿的一切去香港。在香港我能做什么？去"五七干校"时，我毫不犹豫地舍弃了北京的一切，还把两个孩子也带同一起走，为什么去香港我就不能毫不犹豫地去？理智告诉我，去"五七干校"和"去香港"是完全不同性质的两件事：去"五七干校"是随丈夫到农村去安家落户，共苦；"去香港"按于兰老师说的，有那么一点照顾中年夫妻的意思，但我觉得组织还有更深远的考虑，我应顾全大局，电影事业多一个、少一个徐天侠无关紧要。我知道这种恐惧、疑虑，如果不解决，必会在思绪情感上造成痛苦，将影响我与贤栋的生活和工作。

　　星期日去父母家，我将自己的苦恼告诉了父亲卢绪章。父亲指出了我的优、缺点及与众不同的个性，帮我分析在香港工作的利和弊。父亲说："这么多年来，你每迈出一步，都要很大的勇气，都需勇敢地去承受各种后果，由于你的胆识，你走出了自己的一条路。现在你选择去香港和贤栋一起生活、工作，很好嘛，只有勇敢地去面对现实，才能有勇气去解决现实中遇到的问题。"

　　父亲的忠告还是那么直接明确。我需要仍是敢想、敢拼的精神、学习新事物的勇气。1987 年初，我怀着学习新事物的决心，赴香港"原能工业有限公司"工作。

　　1987 年中，父亲卢绪章来香港公干，贤栋和我去酒店看望父亲，闲谈中父亲说昨天去参观绍氏电影制作拍摄片场，打电话到贤栋公司，想让我一起去，没找到我，我说出去逛街了，父亲笑笑，问我现在香港做什么？我有点惭愧地说："游手好闲，无所事事……"

　　父亲听出我不安的心情，微笑着和蔼地说："不要急于求成，多看、多听、多问，要了解香港社会，认识了香港，就会知道要做什么，能做什么。"

　　父亲的忠告，又一次消除了我的困惑。

　　"原能工业有限公司"成立时，Y 先生（代替港人的真实姓名）知道了卢贤栋要为公司请会计，随即热情地提出用他的公司的会计，可省一个人工开支，卢贤栋感激地接受了用 Y 先生的公司的会计。

　　"原能工业有限公司"的业务，在总经理卢贤栋和全体同仁苦干、实干加巧干下，稳步发展，由于总公司的坚实领导，在各方面的支持下，公司得以更上一层楼。与港人 Y 先生的合作，一直友好相安无事。

　　Y 先生知道卢贤栋的公司在扩展，上面又注入了新资金支持，异想天开，竟利诱卢贤栋企图通过卢贤栋侵吞国家的钱财资产。卢贤栋识破 Y 先生以各种巧立名目的"投资"为名，实则"强夺、豪占"国家的资产，阴谋没有得逞，也就是没有从卢贤栋处骗到钱财。

　　1993 年 3 月到 10 月，Y 先生用"大字报"的形式发传真给北京有关部门，极尽诬陷之能事，攻击有关同事和个别领导。而 Y 先生的会计所掌握的卢贤栋公司各种开销支出的单据，竟成了 Y 先生编造陷害卢贤栋及北京有关同事的"大字报"的内容。有几张钱数一样、不同时间月份的单据，Y 先生编造说是卢贤栋在香港购买礼物送北京的同事，我拿去问 Y 先生的会计，经查实后知道，原来是卢贤栋的公司的办公室，每月的管理费。

　　Y 先生在内地诬告卢贤栋没达到目的，便迎合港英当局的政治需要，将卢贤栋的公司情况向港英政府"举报"。港英政府由 Y 先生"举报"提供的资料，于 1994 年 2 月 2 日，港英政府税务局开始对卢贤栋的税务调查，到 1996 年 12 月 19 日与卢贤栋签协议书，卢贤栋补交税款港币：柒拾壹万伍仟玖佰壹拾圆整结案，历时 2 年 10 个月 17 天。

　　香港在"97 回归"前夕，政治形势复杂严峻，卢贤栋是香港中资机构的董事总经理，首当其冲受到叛反势力的陷害，在组织、在领导的强力支持下，卢贤栋对党、对国家的忠诚，战胜了叛反者的威吓利诱，捍卫了国家的财产。

　　关于 Y 先生讹诈、勒索金钱之事，北京有关领导会见了卢贤栋和徐天侠，领导说："卢贤栋站得直，坐得正，不怕邪，卢贤栋是好同志！"

卢贤栋夫妇应邀出席中央人民政府驻香港特别行政区联络办公室新春酒会。

30. 卢绪章的第三代参观"卢绪章生平事迹馆"

2023 年 2 月 25 日，卢绪章的长子卢贤栋的女儿卢刚的丈夫厉剑峰，代表我们到宁波参观了"卢绪章生平事迹馆"，并代母亲徐天侠给宁波市委、市政府、王仁洲等领导呈送感谢信。

宁波经促会秘书长黄士力负责接待，宁波经促会陈有海、宁波甬城历史文化研究所理事长、宁波慈善总会人文记忆慈善基金发起人徐晓东及宁波城投副总经理王凯参加了接待。

厉剑峰向黄士力等几位先生表示感谢，感谢浙江省宁波市政府、宁波城投与宁波经济建设促进会等精心策划和展陈布置设计建造"卢绪章生平事迹馆"。

厉剑峰在黄士力、陈有海、徐晓东、王凯几位先生陪同下，参观"卢绪章生平事迹馆"。

卢绪章的铜像。

卢绪章的第三代厉剑峰在"卢绪章生平事迹馆"前。

卢绪章的第三代厉剑峰,在卢老先生的铜像旁。

厉剑峰代母亲徐天侠给宁波市委、市政府王仁洲等领导呈送感谢信，黄士力先生（右）接感谢信。

厉剑锋与前来接待的几位先生在卢绪章铜像前。左起：陈有海、王凯、厉剑锋、黄士力、徐晓东

31. 卢绪章生平事迹馆

卢绪章相

序言

　　卢绪章同志是中国共产党隐蔽战线的优秀战士，我国对外经贸事业的开拓者和奠基人之一，也是宁波改革开放的大功臣，宁波人民的优秀儿子。

　　他投身革命事业半个多世纪，始终不渝地坚持共产主义信念，并为之贡献自己毕生精力。他丰富的政治工作和经济工作经验，他高尚的革命品质和道德情操，是留给后人的宝贵精神财富，值得我们很好地学习和继承。

　　今天，我们在这里展示陈列卢绪章同志的生平事迹，就是要学习他对共产主义理想的执着追求和为党的事业无私奉献的崇高精神；学习他与时俱进、敢于创业创新的可贵品质与卓越能力，学习他为国为民为家乡锲而不舍的无限热情；学习他刚毅正直、谦虚谨慎、廉洁奉公的高尚品德。

　　让我们共同记住这位当代宁波人的杰出代表，把追求崇高理想和爱党、爱国、爱家乡的精神发扬光大，为推动宁波经济社会科学发展做出新的贡献。

展馆设在建于清乾隆年间卢氏支祠的老宅，位于莲桥街历史文化街区塔影巷，是"涌上卢氏"第十世卢云路为纪念他父亲卢登秩（卢静夫）所建的专祠，其中卢宗年为第十四世，其五子一女，第三子即卢绪章。

卢绪章于 1911 年 6 月出生在浙江宁波鄞县一家经营米行的小商人家庭。

甬上敬睦堂卢氏简介

卢氏支祠

展览共分三个展区（篇章），通过大量文献资料、展品实物、以及多媒体方式，展现卢绪章的革命事迹和其为宁波改革开放所做的重要贡献。

第一篇章分三个部分展出，分别是："少年报国，投身革命"、"隐蔽战线，功勋卓越"、"奉命南下，迎接解放"、展现青年卢绪章的革命事迹。

卢绪章 14 岁时便前往上海，从社会童子军到创办广大华行，经营过程中，卢绪章在杨浩庐的介绍下，正式加入了中国共产党。

上世纪 30、40 年代，卢绪章在党的领导下，长期从事隐蔽战线工作，并创办广大华行，以此作为中共秘密工作机构和经济实体。

随后积极扩展广大华行业务，在重庆、贵阳、成都、昆明等地设立分行。并先后组建民生保险公司、民孚企业股份有限公司等企业，为党的地下组织提供了重要的经费保障。

1948 年卢绪章到香港主持广大华行工作，同年底北上大连，回到解放区，为中国人民解放事业作出了特殊贡献，被誉为"红色资本家"和"与魔鬼打交道的人"。

隐蔽战线，功勋卓越。

为党掌管钱袋子的"资本家"。

1949 年，卢绪章换上军装参与接
管上海工作的留影。

　　第二篇章分两部分展出，分别是："建设国家，重任在身——新中国外贸事业的奠基人"、"寒梅傲雪，冬去春来——新中国旅游事业的开拓者"。

　　中华人民共和国成立后，卢绪章同志历任华东军政委员会贸易部副部长，中国进出口公司经理，对外贸易部局长、副部长，足迹遍布世界各地，为打破西方对我国实施的经济封锁作出了不懈努力，是新中国外贸事业的卓越领导人。1977 年 8 月调任国务院华侨办党组成员、华侨旅行社社长。次年转任新成立的国家旅游总局首任局长、党组书记，成为我国旅游事业的开拓者。

　　1983 年 3 月，卢绪章同志在外贸部常务副部长、党组副书记任上退居二线，改任顾问，继续为改革开放事业发光发热。

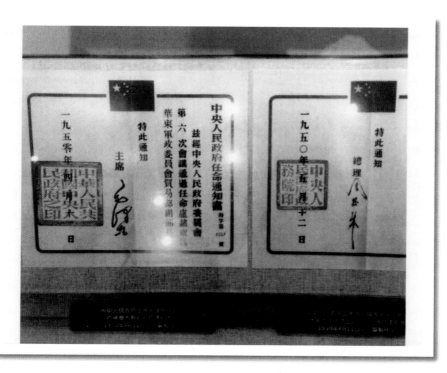

毛主席、周恩来总理签署的任命卢绪章的《中央人民政府任命通知书》。

建设国家，重任在身。

米胶协定。

新中国旅游事业的开拓者。

第三篇章着重展示卢绪章"筑巢引凤，心系故土"的情怀和故事。

1984 年，卢绪章受党中央和邓小平的委派，回家乡宁波指导对外开放和开发建设工作，担任浙江省政府和宁波市政府顾问。后来又担任国务院宁波经济开发协调小组顾问、宁波经济建设促进协会首任会长。在此期间，他深入调研、辛勤奔波、多方协调，帮助制定宁波长远发展战略，为推进宁波的改革开放、经济发展、计划单列，为发动海内外"宁波帮"参与宁波建设，作了大量卓有成效的工作，发挥了独特的重要作用，建立了不朽的功勋。

筑巢引凤，心系故土。

卢绪章在看文件。

浙江省人民政府聘请书。

"我是给家乡宁波跑腿的"卢绪章
一直把宁波的发展繁荣，当作自己
晚年的最高追求。

包玉刚致卢绪章的信函。

结束语

自 1984 年 5 月 4 日，宁波被中共中央和国务院列为进一步对外开放沿海城市以来，经过 38 年的艰苦奋斗和不断创新，一座崭新的宁波港城已屹立在世界的东方，充分实现了卢绪章同志当年按照中央指示，为之筹谋和奔走的宁波经济社会建设与发展的时代目标。

回眸历史、展望未来，我们深切地怀念卢绪章同志。既感谢他为宁波改革开放和建设发展作出的重大贡献，又被他坚定的信念、高洁的情怀、踏实的作风和鞠躬尽瘁的革命精神所深深折服。

1995 年 11 月 6 日，宁波人民的好儿子卢绪章同志在北京逝世，家乡人民万分悲痛，谨以此展，纪念卢绪章同志。他是世纪的楷模，国士无双！他是卓越的乡贤，宁波人心中永远的榜样！

本项目由宁波经济建设促进协会和宁波城建投资控股有限公司共建，并得到宁波市委党史研究室、宁波市档案馆、宁波帮博物馆、天一阁博物院和卢绪章同志家属的大力支持，在此深表感谢！

32. 徐天侠、卢刚合著的《卢贤栋传》出版国际发行

<1>

出版社在网络刊载《卢贤栋传》简介：

《卢贤栋传》，是一部独特的人物传记。

卢贤栋在国家政治经济巨变、国家生死存亡的严峻环境中度过的童年、少年，两次逃命的经历及父亲卢绪章隐蔽身份的潜移默化，使卢贤栋成长为有明确的人生奋斗目标的青年。

从卢贤栋所学所做的工作，了解到中国核工业发展的艰辛历程；颂扬为我国核工业的发展，献出了宝贵生命的先烈及前辈的丰功伟绩和奉献精神。

卢贤栋是中国核工业领域的一位普通干部，和千千万万国家干部一样：勤劳俭朴，做任何事都认真全力以赴，力求做得更好；勇于担当、挑战困难、爱祖国、勇于奉献、报效祖国！

《卢贤栋传》一书，是在其妻子徐天侠、女婿厉剑峰、女儿卢刚、孙女厉晓芝、孙儿厉家铭，三代人共同努力下撰写完成。读者从书的字里语句中，会感受到他们对亲人卢贤栋的敬爱、他们对先烈及前辈的敬佩！

本书特色：

第一，本书细致记录了卢贤栋传奇精彩的一生，时间跨度大，亦包含许多刚解密的一手历史资料，反应了新中国成立初期的曲折历史，以及中国核工业发展的艰辛历程。

第二，本书由家族三代人共同努力撰写完成，不仅仅记录了一个家族的历史，也是近现代中国社会的一个缩影。

作者对《卢贤栋传》封面、封底设计的剖析：

关于封面，主人公卢贤栋头像的面部神情，透露出坦然明亮的内心世界，绽现了纯朴沉稳的气质。设计师4res,以主人公的头像为封面设计定下基调。头像后面的衬色，设计师用了雅致的淡蓝，而书名《卢贤栋传》则用炽热的金色。强烈的色彩对比，相互辉映，进一步烘托了主人公面部神情的内涵。

作者姓名字体的大小、颜色和摆放位置都适中，达到了绿叶的效果。

封面设计，整体可用一个字形容：妙。

关于封底，人们拿起《卢贤栋传》的书籍，一看封底，就知道主人公卢贤栋正待登机飞去蓝天白云下的高山峻岭进行航测工作，再看蓝天白云中显现的黑色字句："一部独特的人物传记，从卢贤栋所学、所做的工作，了解到中国核工业……"人们一见"核工业"三个字，定会想要翻阅书籍探个究竟，这为介绍书籍的内容，起到了画龙点睛的作用。

封面写意，封底写实。设计师 4res 以虚实结合的意念，创作出《卢贤栋传》的封面封底别具一格的新颖设计。

<2>

传媒香港《文汇报》"书介"：《卢贤栋传》

卢绪章长子卢贤栋，在国家政治经济巨变、国家生死存亡的激战中度过的童年、少年，后成长为核工业部教授级高级工程师，为中国原子能工业发展做出杰出贡献。本书是一部独特的传记，细致记录了卢贤栋传奇精彩的一生，亦包含许多刚解密的一手历史资料，反应了新中国成立初期的曲折历史，以及中国核工业发展的艰辛历程。本传记是在卢贤栋妻子徐天侠、女婿厉剑峰、女儿卢刚、孙女厉晓芝、孙儿厉家铭，三代人共同努力下撰写完成，不仅仅记录了一个家族的历史，也是近现代中国社会的一个缩影。

文汇报网及大公报网刊载了《卢贤栋传》简介；

香港作家联会网：会员徐天侠与卢刚合著《卢贤栋传》、《卢贤栋传》简介。

<3>

香港贸易发展局于 2023 年 7 月 19 日到 25 日，在香港会展中心举办"香港书展"。开展前在网上发布的宣传推广中，有《卢贤栋传》简介。

7 月 19 日上午书展揭幕，卢刚一家都有到红出版展台前观展拍照。下午 3 时厉剑峰、卢刚、厉家铭陪徐天侠来到展厅红出版展台，红出版林达昌先生热情接待，一起在《卢贤栋传》广告前拍照留念。

徐天侠在《卢贤栋传》展台广告前。

林达昌先生热情接待《卢贤栋传》作者
徐天侠和卢刚。

徐天侠捧着《卢贤栋传》与女儿、
女婿、孙儿合影。

33. 卢绪章的后人：长子卢贤栋的妻子徐天侠、女婿厉剑峰、女儿卢刚，写给中共宁波市委书记彭佳学先生的感谢信

中共宁波市委书记彭佳学先生：

您好！

宁波是卢绪章老先生深爱的故乡！

宁波是卢绪章老先生的后人深爱的故乡！

卢绪章老先生的后人：长子卢贤栋的妻子徐天侠、女婿厉剑峰、女儿卢刚，万分感谢宁波政府、宁波人民整理和装修卢绪章老先生的故居，再次体会到宁波人民对卢绪章老先生的深情！

卢绪章老先生在宁波的故居，是"宁波帮"与宁波人民唇齿相连的历史文物！

卢绪章老先生在宁波的故居，是炎黄子孙血浓于水的历史文物！

致

革命敬礼！

卢绪章老先生的后人：

长子卢贤栋的妻子徐天侠

女婿厉剑峰、女儿卢刚

敬上

2023 年 2 月 15 日于中国香港

34. 中共宁波市委书记彭佳学先生写给卢绪章老先生后人的信

尊敬的徐天侠女士、厉剑峰先生、卢刚女士：

你们好！

很高兴收到你们的来信。信中饱含着对家乡的深厚感情，凝结着对传承弘扬"宁波帮"精神的深切愿望，令我们深受感动、深受教育。衷心感谢你们一直以来对宁波现代化建设的关心帮助和鼎力支持。

卢绪章同志曾长期在隐蔽战线从事党的秘密联络和地下经济工作，是我国对外贸易事业的开拓者和奠基人之一，是老一辈"宁波帮"的杰出代表。上世纪80年代，老先生受党中央和邓小平同志委派到宁波指导工作，促成了一系列事关宁波长远发展的大事要事，为动员海内外"宁波帮"共同建设宁波、推动宁波改革开放和现代化建设作出了不可磨灭的贡献。我们将始终铭记老先生的卓越功绩，把卢绪章生平事迹馆打造成传承红色基因、弘扬"宁波帮"精神的重要阵地。

近年来，宁波坚持以习近平新时代中国特色社会主义思想为指导，团结奋斗，争先奋进，城市竞争力、创新力、美誉度全面提升。2022年，全市经济总量达1.57万亿元，居大陆城市12位；完成财政总收入3359亿元，其中一般公共预算收入1680亿元，居大陆城市第10位。当前，我们正深入学习贯彻党的二十大精神，按照中央和省委决策部署，紧扣忠实践行"八八战略"、推进"两个先行"、打造"重要窗口"、锚定创新深化、改革攻坚、开放提升"三大路径"，坚决扛起新发展阶段宁波历史使命，加快建设现代化滨海大都市，争创中国式现代化市域模板。我们衷心希望海内外"宁波帮"人士传承好、发扬好爱党爱国爱家乡的优良传统，团结奋进强国复兴新征程，携手创造滨海宁波新辉煌，精彩书写"宁波帮·帮宁波"的新传奇。

真诚祝愿你们身体健康、阖家幸福，欢迎常回宁波看看，共叙乡愁记忆、共话桑梓情怀！

彭佳学

2023年3月6日

中共宁波市委员会

尊敬的徐天侠女士、厉剑峰先生、卢刚女士：

你们好！很高兴收到你们的来信。信中饱含着对家乡的深厚感情，凝结着对传承弘扬"宁波帮"精神的深切愿望，令我们深受感动、深受教育。衷心感谢你们一直以来对宁波现代化建设的关心帮助和鼎力支持。

卢绪章同志曾长期在隐蔽战线从事党的秘密联络和地下经济工作，是我国对外贸易事业的开拓者和莫基人之一，是老一辈"宁波帮"的杰出代表。上世纪80年代，老先生受党中央和邓小平同志委派到宁波指导工作，促成了一系列事关宁波长远发展的大事要事，为动员海内外"宁波帮"共同建设宁波、推动宁波改革开放和现代化建设作出了不可磨灭的贡献。我们将始终铭记老先生的卓越功绩，把卢绪章生平事迹馆打造成传承红色基因、弘扬"宁波帮"精神的重要阵地。

近年来，宁波坚持以习近平新时代中国特色社会主义思想为指导，团结奋斗，争先奋进，城市竞争力、创

中共宁波市委书记彭佳学先生给卢绪章老先生后人的信的影印件。

新力、美誉度全面提升。2022年，全市经济总量达1.57万亿元，居大陆城市第12位；完成财政总收入3359亿元，其中一般公共预算收入1680亿元，居大陆城市第10位。当前，我们正深入学习贯彻党的二十大精神，按照中央和省委决策部署，紧扣忠实践行"八八战略"、推进"两个先行"、打造"重要窗口"，锚定创新深化、改革攻坚、开放提升"三大路径"，坚决扛起新发展阶段宁波历史使命，加快建设现代化滨海大都市，争创中国式现代化市域样板。我们衷心希望海内外"宁波帮"人士传承好、发扬好爱党爱国爱乡的优良传统，团结奋进强国复兴新征程，携手创造滨海宁波新辉煌，精彩书写"宁波帮·帮宁波"的新传奇。

真诚祝愿你们身体健康、阖家幸福，欢迎常回宁波看看，共叙乡愁记忆、共话桑梓情怀！

彭佳学

2023年3月6日

35. 卢绪章的长子卢贤栋及长儿媳徐天侠保存的相片

父亲卢绪章和母亲毛梅影。

1949年6月底，卢绪章身着"中国人民解放军"胸标的军服，在上海中国银行四楼大厅第一次公开亮相，出席由陈毅市长主持召开的上海市工商界人士会议。卢绪章身着"中国人民解放军"胸标的军服公开亮相见报，在香港的国民党特务分子正待迫害卢绪章仍在香港的妻子及儿女们，生命危在旦夕，在共产党的香港地下党员舒自清等人的紧急救助下，卢绪章的妻子毛梅影及卢贤栋等儿女逃出虎口。

卢绪章会见外国朋友。

卢绪章在广交会。

1985 年，在北京父亲家，赴港工作前卢贤栋和妻子徐天侠与父母合照。

1988 年卢绪章来港公干，卢贤栋陪同父亲会见华润有关导。前排右三：卢绪
章，后排右二：卢贤栋，后排左一：徐天侠

卢贤栋陪同父亲卢绪章在上海总会和老朋友叙旧。前排左起：包丽泰（包玉刚的小妹）、卢绪章、徐天侠；后排左起：黄均乾（包玉刚夫人黄秀英的弟弟）、包玉书（包玉刚的大哥）、黄剑伟（上海总会会长、创始人之一）、包玉星（包玉刚的弟弟）、李伯忠（包玉刚的妹夫）、卢贤栋

卢绪章拜会有关单位。

卢绪章（左三）、包玉刚（左二）、霍英东（右三）及有关领导为宁波市在香港举办的
"宁波市出口商品洽谈会"开幕剪彩。

卢绪章（右三）、包玉刚（左四）、霍英东（左二）及有关领导为宁波市在香港举办的"宁波市出口商品洽谈会"开幕剪彩。

包玉刚、霍英东、有关领导及卢贤栋在酒会现场。

卢贤栋与太太徐天侠参加"宁波市出口商品洽谈会"开幕酒会。

卢绪章来港公干住华润招待所，卢贤栋带同女儿看望父亲。

卢绪章广大华行的老朋友张平（左）来华润招待所看望卢老，卢刚和两位爷爷合影。

包玉刚（左）来华润招待所看望卢绪章，卢刚和两位爷爷合影。

卢贤栋和妻子徐天侠陪同父亲卢绪章、母亲毛梅影看望父亲的表妹黄秀英（包玉刚的夫人）。左起：卢贤栋、徐天侠、黄秀英（包玉刚夫人）、卢绪章、黄均乾（黄秀英的弟弟）、卢绪章的夫人毛梅影

卢绪章和表弟黄均乾。

在北京上大学的卢刚，假期来香港和父母团聚，我们带卢刚去四叔（黄均乾）
家。左起：卢刚、黄均乾、卢贤栋、徐天侠

卢贤栋夫妇陪同父亲卢绪章会见老朋友。左起：徐天侠、卢贤栋、卢绪章、包玉书、
宁波市耿市长

2011年宁波市举办"纪念卢绪章诞辰一百周年"追思会，长子卢贤栋带同一家九人赴宁波参加纪念活动，主席台左一是卢贤栋。

卢贤栋在"百年卢绪章"特别展开幕式上讲话。

卢贤栋夫妇参观"百年卢绪章"特别展。

卢贤栋一家三代在卢绪章铜像前。

宁波市书记王辉忠（左三）接见卢绪章的长子卢贤栋（左四）、长儿媳徐天侠（左五）、大女儿卢丽（右四）、小女儿卢兵（左二）、孙女卢刚（右一）、孙女婿厉剑峰（右三），参加会见的还有唐一军等宁波市领导（右二、左一）。

卢贤栋夫妇及女儿卢刚，参加纪念卢老先生的座谈会。

卢贤栋在纪念活动中接受传媒访问。左起：卢贤栋、徐天侠、孙女厉晓芝、孙儿厉家铭、女儿卢刚，卢刚后面戴眼镜的男士是女婿厉剑峰。

2013年9月，卢贤栋带女儿卢刚去北京，拜访了前国家计委常务副主任"宁波经济开发协调小组"副组长陈先前辈，向前辈汇报卢绪章的孙女卢刚近年将环保引进宁波的工作。一见面陈老就说："看见你的面孔，就想起了你的父亲，你们父子长得很像……我们三个宁波人，我比包玉刚小一岁，比你父亲小八岁，后来三人都在为家乡奔走，堪称'东海三子'。"左起：徐天侠、陈先、卢贤栋

陈老听了卢贤栋的汇报，高兴地说："我们的子孙后代，已接棒为家乡做贡献了！"前排左起：陈先夫人曹竟南、陈先、卢贤栋、徐天侠；后排左起：陈老的女儿陈晓榕、卢刚

卢绪章老先生与长子卢贤栋。

徐天侠散文集

作者：　　　徐天侠

编辑：　　　青森文化编辑组

设计：　　　Spacey Ho

出版：　　　红出版（青森文化）

　　　　　　香港湾仔道 133 号卓凌中心 11 楼

　　　　　　(852) 2540 7517

　　　　　　editor@red-publish.com

　　　　　　http://www.red-publish.com

香港总经销：联合新零售（香港）有限公司

台湾总经销：贸腾发卖股份有限公司

　　　　　　新北市中和区立德街 136 号 6 楼

　　　　　　(886) 2-8227-5988

　　　　　　http://www.namode.com

出版日期：　2024 年 1 月

图书分类：　散文

国际书号：　978-988-8868-18-6

定价：　　　港币 268 元正

徐天侠散文集